Jacob et Wilhelm Grimm

Contes

Traduit de l'allemand par
Marthe Robert et **Jean Amsler**

Choix des textes, dossier et notes réalisés par
Jean-Marie Sapet

Lecture d'image par
Alain Jaubert

folioplus
classiques

Jean-Marie Sapet est agrégé de lettres classiques. Il enseigne le français et les langues anciennes dans le Val-de-Marne.

Alain Jaubert est écrivain et réalisateur. Après avoir été enseignant dans des écoles d'art et journaliste, il est devenu documentariste. Il est l'auteur de nombreux portraits d'écrivains ou de peintres contemporains pour la télévision, et aussi l'auteur-réalisateur de *Palettes*, série de films diffusée sur Arte consacrée à la lecture de grands tableaux de l'histoire de la peinture. Son premier roman, *Val Paradis*, a paru en 2005 aux éditions Gallimard.

Couverture : Caspar David Friedrich, *L'Arbre aux corbeaux*, 1822. Musée du Louvre, Paris. Photo © RMN-Hervé Lewandowski.

Sommaire

Contes

(textes choisis)

De celui qui partit en quête de la peur

Un père avait deux fils, l'aîné était avisé et intelligent, mais le cadet était sot, incapable de comprendre ou d'apprendre quoi que ce soit ; et quand les gens le voyaient, ils disaient : « En voilà un qui sera un beau fardeau pour son père ! » Lorsqu'il y avait une tâche à faire, c'était toujours l'aîné qui devait s'en charger, mais si son père lui demandait d'aller chercher quelque chose à une heure tardive ou la nuit, et que le chemin passât par le cimetière ou quelque autre lieu horrifiant, il répondait : « Oh non, père, je n'irai pas, ça me donne la chair de poule », car il était peureux. Ou bien encore quand, le soir à la veillée, on racontait de ces histoires qui vous font dresser les cheveux sur la tête, les auditeurs disaient parfois : « Brr, ça vous donne la chair de poule. » Le cadet était assis dans un coin et écoutait tout cela et ne parvenait pas à comprendre ce que cela voulait dire. « Ils disent toujours : ça me donne la chair de poule, ça me donne la chair de poule ! Mais moi, je n'ai pas la chair de poule. Ça doit encore être une de ces choses auxquelles je n'entends rien. »

Or il advint que son père lui dit un jour : « Écoute,

toi là-bas, dans ton coin, tu deviens grand et fort, il va falloir que tu apprennes quelque chose qui te permette de gagner ton pain. Vois comme ton frère se donne du mal, mais pour ce qui est de toi, on y perd son temps et sa peine. — Hé, mon père, répondit-il, je ne demande qu'à m'instruire, et même, si c'était faisable, j'aimerais bien savoir ce que c'est que la chair de poule, je n'y comprends rien du tout. » En entendant cela, l'aîné se mit à rire et se dit : « Dieu, quel benêt que mon frère, on n'en fera jamais rien ; qui veut se faire hameçon doit se courber de bonne heure. » Le père soupira et lui répondit : « La chair de poule, tu apprendras bien ce que c'est, mais ce n'est pas avec ça que tu gagneras ton pain. »

Peu après, le sacristain[1] vint en visite à la maison, alors le père se plaignit de ses soucis et lui raconta que son fils cadet était vraiment bien peu ferré sur quoi que ce fût, il ne savait ni n'apprenait rien. « Imaginez un peu, quand je lui ai demandé comment il pensait gagner son pain, il a souhaité d'apprendre à avoir la chair de poule. — Si ce n'est que cela, dit le sacristain, il pourra l'apprendre chez moi, confiez-le-moi, je me charge de le dégourdir. » Le père en fut bien content, car il se disait : « Mon garçon va être un peu dressé tout de même. » Le sacristain le prit donc chez lui et lui fit sonner les cloches. Au bout de quelques jours, son maître vint le réveiller sur le coup de minuit et lui ordonna de se lever, de monter au clocher et de carillonner. « Je vais t'apprendre ce que c'est que la frousse », pensa-t-il ; il partit devant à la

1. Responsable de l'entretien de l'église.

dérobée et quand le garçon, arrivé en haut, se retourna pour saisir la corde, il aperçut une forme blanche dans l'escalier, juste en face des abat-son[1] : « Qui va là ? » cria-t-il, mais la forme ne donna pas de réponse et ne bougea pas. « Réponds, cria le garçon, ou dépêche-toi de t'en aller, tu n'as rien à faire ici la nuit. » Mais le sacristain resta immobile afin que le garçon le prît pour un fantôme. Il cria pour la seconde fois : « Que fais-tu ici ? Si tu es un honnête homme, parle, sinon je t'expédie au bas de l'escalier. » Le sacristain pensa : « Il n'a sûrement pas de si noirs desseins », il ne souffla mot et ne bougea pas plus que s'il avait été de pierre. Alors le garçon l'interpella pour la troisième fois et comme ce fut également en vain, il prit son élan et poussa le revenant au bas de l'escalier, de telle sorte qu'il dégringola dix marches et resta étendu dans un coin. Après quoi il sonna la cloche, rentra chez lui, se coucha sans piper mot et reprit son somme. La femme du sacristain attendit longtemps son mari, mais il ne revenait toujours pas. À la fin, elle fut prise de peur, alla réveiller le garçon et lui demanda : « Ne sais-tu pas ce qu'est devenu mon mari ? Il est monté devant toi au clocher. — Non, répondit le garçon, mais il y avait quelqu'un en face des abat-son, dans l'escalier, et comme il ne voulait ni répondre ni s'en aller, je l'ai pris pour un malfaiteur et je l'ai expédié au bas des marches. Allez-y, vous verrez bien, si c'était lui j'en serais vraiment désolé. » La femme partit d'un bond et trouva son

---

1. Planches qui entourent les cloches pour que le son descende vers le sol.

mari dans un coin et geignant, car il s'était cassé une jambe.

Elle l'aida à descendre et courut en poussant les hauts cris chez le père du garçon : « Votre fils a causé un grand malheur, cria-t-elle, il a jeté mon mari au bas de l'escalier, si bien qu'il s'est cassé une jambe. Débarrassez notre maison de ce vaurien. » Le père prit peur, il arriva en toute hâte et gronda son fils : « Qu'est-ce que c'est que ces tours pendables[1], c'est le Malin qui a dû te les inspirer. — Père, répondit-il, écoutez-moi, je suis tout à fait innocent : il était là, immobile dans la nuit, comme quelqu'un qui a de mauvais desseins. Je ne savais pas qui c'était et je l'ai averti trois fois d'avoir à parler ou de déguerpir. — Ah, dit le père, tu ne me causeras que des déboires, disparais de ma vue, je ne veux plus te voir. — Oui, père, bien volontiers, attendez seulement qu'il fasse jour et je partirai pour apprendre la peur, comme cela j'acquerrai au moins une science qui pourra me nourrir. — Apprends ce que tu veux, dit le père, tout m'est égal. Voilà cinquante écus, va-t'en avec cela courir le vaste monde et ne dis à personne d'où tu viens ni qui est ton père, car j'ai honte de toi. — Oui, père, comme vous voudrez, si vous ne m'en demandez pas plus, il me sera facile d'en tenir compte. »

Quand le jour se leva, le jeune homme empocha ses cinquante écus et prit la grand-route en marmonnant continuellement : « Ah si seulement je pouvais avoir peur ! Si je pouvais avoir peur ! » Or il fut

1. Méchancetés ; le « Malin » est le diable.

rejoint par un homme qui entendit les propos qu'il se tenait à lui-même, et quand ils eurent fait un bout de chemin et que le gibet[1] fut en vue, l'homme lui dit : « Regarde là-bas, c'est l'arbre où sept filous viennent de célébrer leurs noces avec la fille du cordier et où, pour l'heure, ils apprennent à voler, assieds-toi dessous et attends la nuit, de cette façon tu sauras bien ce que c'est que la peur. — S'il n'en faut pas plus, répondit le garçon, ce sera facile : mais si j'apprends si vite que ça à avoir la frousse, tu auras mes cinquante écus : reviens donc me trouver demain matin. » Puis il se rendit au gibet, s'assit dessous et attendit la venue du soir. Et comme il avait froid, il alluma du feu, mais vers minuit, le vent devint si glacial que malgré son feu il ne put se réchauffer. Et comme le vent poussait les pendus les uns contre les autres et les faisait se balancer, il pensa : « Tu gèles auprès de ton feu, mais eux là-haut, ils doivent encore bien plus souffrir du froid et se démener. » Et comme il était compatissant, il mit l'échelle contre le gibet, y monta, les décrocha l'un après l'autre et les descendit tous les sept. Après quoi il attisa son feu, souffla dessus et les assit tout autour pour qu'ils pussent se réchauffer. Mais ils restèrent là sans bouger et le feu prit à leurs vêtements. Alors il dit : « Faites donc attention, ou je vais vous rependre ! » Mais les morts n'entendaient pas, se taisaient et laissaient leurs guenilles brûler. Alors il se fâcha et dit : « Si vous ne faites pas attention, je ne pourrai rien pour vous, je ne veux pas brûler avec vous » et il les pendit derechef, cha-

1. Potence où l'on pendait les condamnés à mort.

cun à son tour. Ensuite il s'installa près de son feu et s'endormit, et le lendemain matin, l'homme vint le trouver pour avoir ses cinquante écus et lui dit: « Eh bien, tu sais ce que c'est que la peur maintenant? — Non, répondit-il, d'où le saurais-je? Les types d'en haut n'ont pas ouvert la bouche et ont été assez bêtes pour laisser brûler les quelques vieilles hardes qu'ils avaient sur le dos. » L'homme vit alors qu'il n'empocherait pas les cinquante écus ce jour-là et il s'en fut en disant: « Je n'ai jamais rien vu de pareil! »

Le jeune garçon se mit en route lui aussi et recommença à se dire à lui-même: « Ah si seulement je pouvais avoir peur! Si je pouvais avoir peur! » Un charretier qui marchait derrière lui entendit ces mots et lui dit: « Qui es-tu? — Je ne sais pas », dit-il. Le charretier continua: « D'où es-tu? — Je ne sais pas. — Qui est ton père? — Je ne peux pas le dire. — Qu'est-ce que tu marmonnes sans cesse dans ta barbe? — Hé, répondit le jeune homme, je voudrais connaître le frisson de la peur, mais personne ne peut me l'enseigner. — Trêve de sottises, dit l'homme, viens avec moi, je vais voir à te caser quelque part. » Le jeune garçon suivit le charretier, et le soir ils arrivèrent à une auberge où ils voulurent passer la nuit. En entrant dans la salle, il recommença à répéter tout haut: « Si seulement je pouvais avoir peur! Si je pouvais avoir peur! » L'aubergiste, qui l'entendit, se mit à rire et dit: « Si tu en as envie, tu pourrais bien en trouver l'occasion ici. — Ah! tais-toi, dit la patronne, plus d'un qui fut trop curieux y a déjà laissé sa vie, ce serait dommage si ces beaux yeux-là ne revoyaient pas la lumière du jour. » Mais le garçon dit: « Quand cela serait si difficile que cela, je veux l'apprendre puisque c'est pour cela que je suis parti. » Il ne laissa pas l'aubergiste en repos que celui-ci ne lui eût conté ce qu'il en était : non loin de là, il y avait un château ensorcelé où l'on pouvait apprendre à trembler, pourvu qu'on y veillât seulement trois nuits. Le roi avait promis sa fille en mariage à celui qui s'y risquerait, et c'était bien la plus jolie personne qui fût sous le soleil : on disait aussi qu'il y avait au château de grands trésors gardés par de mauvais génies, ils seraient alors libérés et il y en avait assez pour enrichir un pauvre homme. Beaucoup y étaient déjà entrés, mais aucun n'en était ressorti. Le lendemain, le jeune homme s'en alla trouver le roi et lui dit : « Avec votre permission, je voudrais bien passer trois nuits dans le château enchanté. » Le roi le regarda et comme il lui plaisait, il lui dit : « Tu as encore le droit de me demander trois choses, mais il faut que ce soit des choses inanimées, et tu pourras les emporter au château. » Il répondit : « Je vous demanderai donc un feu, un tour et un établi avec son couteau. »

Le roi lui fit porter tout cela au château pendant le jour. Quand la nuit fut sur le point de tomber, le jeune homme y monta, alluma un feu clair dans une chambre, installa l'établi avec son couteau, puis s'assit au tour : « Ah si seulement je pouvais avoir peur ! dit-il, mais ce n'est pas encore ici que j'apprendrai ! » Sur les minuit, il voulut attiser son feu et comme il soufflait dessus, des cris s'échappèrent soudain d'une encoignure. « Miau, miau ! Comme nous avons froid ! — Imbéciles, dit-il, qu'avez-vous à crier ? Si vous avez froid, venez ici, asseyez-vous près du feu et chauffez-vous. » Et quand il eut dit ces mots, deux grands chats noirs firent un grand bond, se postèrent de chaque côté de lui et le regardèrent d'un air féroce avec leurs yeux de feu. Au bout d'un moment, quand ils se furent réchauffés, ils dirent : « Camarade, si nous faisions une partie de cartes ? — Pourquoi pas ? répondit-il, mais montrez-moi un peu vos pattes. » Alors ils sortirent leurs griffes : « Hé, dit-il, vous en avez de grands ongles ! Attendez, il faut d'abord que je vous les rogne. » En disant cela il les prit par la peau du cou et les mit sur son établi où il leur serra soigneusement les pattes : « Je vous ai examinés de près, dit-il, ça m'a fait passer l'envie de jouer aux cartes », il les tua et alla les jeter à l'eau. Mais quand il eut fait taire ces deux-là et voulut se rasseoir auprès de son feu, voilà que de tous les coins et recoins surgirent des chats noirs et des chiens noirs attachés à des chaînes incandescentes, et il en venait de plus en plus si bien qu'il ne savait plus où se réfugier : ils poussaient des cris horribles, puis ils piétinèrent son feu, le démolirent et voulurent l'éteindre. Il les regarda faire tranquillement pendant un petit moment, mais quand il trouva qu'ils dépassaient les bornes, il saisit son couteau à tailler et cria : « Allons, ouste, canailles ! » puis il tapa dans le tas. Une partie se sauva, il assomma les autres et il sortit les jeter dans l'étang. Une fois rentré, il ranima son feu et se réchauffa. Et à force de rester assis, ses yeux se refusèrent à rester ouverts plus longtemps et il eut envie de dormir. Alors il regarda autour de lui et aperçut un grand lit dans un coin. « Juste ce qu'il me faut », dit-il, et il s'y coucha. Mais comme il se disposait à fermer les yeux, voilà que le lit se mit à se promener tout seul, et qu'il se promena par tout le château : « Fort bien, dit-il, encore plus vite ! » Alors, comme s'il avait été attelé de six chevaux, le lit se mit à rouler par-dessus seuils et escaliers et tout à coup, hop là ! il culbuta sens dessus dessous, si bien qu'il fut sur lui comme une montagne. Mais il envoya en l'air couvertures et oreillers, se dégagea et dit : « Se promène là-dedans qui voudra ! », il s'étendit auprès de son feu et dormit jusqu'au jour. Le matin le roi vint le voir, et comme il le trouva couché par terre, il pensa que les revenants l'avaient tué et qu'il était mort. Alors il dit : « C'est vraiment dommage pour ce beau garçon. » Le jeune homme l'entendit, se dressa et s'écria : « Nous n'en sommes pas encore là ! » Le roi fut tout étonné, mais il se réjouit et lui demanda ce qui lui était arrivé. « Fort bien, dit-il, voilà une nuit de passée, les deux autres passeront bien aussi. » Quand il arriva chez l'aubergiste, celui-ci écarquilla les yeux : « Je ne croyais pas te revoir vivant, dit-il, as-tu appris ce que c'est que la peur ? — Non, dit-il, tout est inutile : si seulement quelqu'un pouvait me l'apprendre ! »

La deuxième nuit, il monta de nouveau dans le vieux château, s'assit au coin du feu et recommença sa vieille chanson : « Ah si seulement je pouvais connaître la peur ! » Vers minuit un bruit suivi d'un grand fracas se fit entendre, d'abord tout doucement, puis de plus en plus fort, après quoi le silence se fit un instant, et enfin une moitié d'homme dégringola par la cheminée et tomba devant lui en poussant de grands cris : « Holà, s'écria-t-il, il en faut encore une moitié, c'est trop peu. » Alors le vacarme reprit de plus belle, on entendit tempêter, hurler, et l'autre moitié tomba à son tour : « Attends, dit-il, je vais d'abord t'attiser un peu le feu. » Quand il l'eut fait et qu'il se retourna, les deux morceaux s'étaient rejoints et un homme épouvantable était assis à sa place. « Ce n'est pas dans nos conventions, dit-il, ce banc est à moi. » L'autre voulut le repousser, mais le jeune homme ne se laissa pas faire, il lui donna une violente bourrade et reprit sa place. Alors il tomba encore plusieurs autres hommes, l'un après l'autre, ils allèrent chercher neuf tibias et deux têtes de mort, les disposèrent et jouèrent aux quilles. Le jeune homme eut envie de jouer aussi et demanda : « Écoutez, puis-je être de la partie ? — Oui, si tu as de l'argent. — J'en ai assez, répondit-il, mais vos boules ne sont pas bien rondes. » Il prit les crânes, les mit sur son tour et les arrondit : « Voilà, dit-il, maintenant elles rouleront mieux, allons-y, on va s'amuser ! » Il joua et perdit un peu de son argent, mais quand minuit sonna, tout disparut à sa vue. Il se coucha et s'endormit tranquillement. Le lendemain, le roi vint aux informations. « Comment cela s'est-il passé cette fois-ci ? demanda-t-il. — J'ai joué aux quilles, répondit-il, et j'ai perdu un peu d'argent. — N'as-tu donc pas eu peur ? — Pas du tout, dit-il, je me suis bien amusé. Ah si je savais ce que c'est que la peur ! »

La troisième nuit, il s'assit de nouveau sur son banc et dit tout tristement : « Comme j'aimerais avoir peur ! » Sur le tard, six hommes de grande taille arrivèrent, portant une bière mortuaire[1]. Alors il dit : « Ha ha, c'est sûrement mon petit cousin qui est

1. Cercueil.

mort il n'y a que quelques jours», il lui fit signe de venir et s'écria: «Viens, petit cousin, viens!» Ils posèrent le cercueil par terre, mais il s'en approcha et souleva le couvercle: un homme mort était couché dedans. Il lui palpa le visage, mais il était glacé. «Attends, dit-il, je vais te réchauffer un peu», il alla se chauffer les mains au feu et les lui mit sur la figure, mais le mort resta froid. Alors il le sortit du cercueil, s'assit près du feu, le prit sur ses genoux et lui frotta les bras pour remettre le sang en mouvement. Comme cela ne servait de rien non plus, il lui vint une idée: «Quand on couche à deux dans le même lit, on se réchauffe mutuellement», il le mit au lit, le couvrit et s'étendit à ses côtés. Au bout d'un moment, le mort se réchauffa et commença à remuer. Le jeune homme dit alors: «Eh bien, petit cousin, ne t'ai-je pas réchauffé?» Mais le défunt prit la parole et s'écria: «Maintenant je vais t'étrangler. — Quoi? dit-il, est-ce là une façon de me remercier? Rentre tout de suite dans ton cercueil.» Il le souleva, le jeta dedans et ferma le couvercle. «La peur ne veut pas venir, dit-il, ce n'est pas ici que je la connaîtrai jamais.»

Alors un homme entra, il était plus grand que tous les autres et avait un air horrible; mais il était vieux et avait une longue barbe blanche. «Ô mon petit gringalet, s'écria-t-il, maintenant tu vas savoir ce que c'est que la peur, car tu vas mourir. — Doucement, répondit le jeune homme, si je dois mourir, il faut au moins que je sois là. — Je saurai bien t'attraper, dit le démon. — Tout doux, tout doux, ne te vante donc pas tellement: je suis aussi fort que toi et peut-être même encore plus. — Nous allons bien voir, dit le

vieux, si tu es plus fort que moi, je te laisserai aller; viens, nous allons essayer. » Alors il le conduisit jusqu'à un feu de forge en passant par des corridors sombres, là il prit une hache et d'un seul coup enfonça l'enclume dans le sol. « Je fais mieux que ça encore », dit le garçon en se dirigeant vers l'autre enclume : le vieillard se plaça à côté de lui pour regarder, avec sa barbe blanche qui pendait. Alors le jeune homme saisit la hache et d'un seul coup il fendit l'enclume en coinçant dans la fente la barbe du vieux. « Je te tiens maintenant, dit-il, c'est ton tour de mourir. » Il s'empara alors d'une barre de fer et cogna sur le vieillard de toutes ses forces, jusqu'au moment où celui-ci, tout gémissant, le pria d'arrêter en lui promettant de grandes richesses. Le jeune homme retira la hache et le délivra. Le vieillard le ramena au château et, dans une cave, il lui montra trois coffres pleins d'or. « Il y en a une part pour les pauvres, dit-il, l'autre pour le roi, la troisième est pour toi. » À ce moment minuit sonna et l'esprit disparut, abandonnant le jeune homme dans les ténèbres. « Je me débrouillerai bien pour sortir d'ici », dit-il, il s'en fut à tâtons, trouva le chemin de sa chambre et s'y endormit près de son feu. Le lendemain matin, le roi arriva et dit : « Alors, as-tu appris ce que c'est que la peur ?
— Non, répondit-il, qu'est-ce que ça peut bien être ? Feu mon cousin est venu, et aussi un homme barbu qui m'a montré beaucoup d'argent là, en bas, quant à la peur, personne ne m'a dit ce que c'est. » Alors le roi lui dit : « Tu as délivré le château et tu épouseras ma fille. — Tout cela est bel et bon, dit-il, mais je ne sais toujours pas ce que c'est que la peur. »

On remonta l'or de la cave et l'on célébra les noces, mais quoiqu'il aimât sa femme et fût joyeux, le jeune roi ne cessait de dire : « Ah si je pouvais frissonner de peur ! Ah si je pouvais frissonner de peur ! » Cela finit par fâcher sa femme, et sa cameriste[1] lui dit : « Je vais trouver un moyen, il apprendra bien ce que c'est. » Elle alla au ruisseau qui traversait le jardin et se fit chercher un plein seau de goujons. La nuit, comme le jeune roi dormait, sa femme dut lui retirer ses couvertures et l'asperger avec le seau d'eau froide plein de goujons, de sorte que les petits poissons se mirent à frétiller autour de lui. Alors il se réveilla en s'écriant : « Oh ma chère femme, comme j'ai le frisson, comme j'ai le frisson ! Oui, à présent je sais ce que c'est ! »

1. Servante.

Le Fidèle Jean

Il était une fois un roi qui était malade et pensait: « Ce lit où je suis couché sera sans doute mon lit de mort. » Alors il dit: « Faites-moi venir le fidèle Jean. » Le fidèle Jean était son serviteur préféré et il s'appelait ainsi parce qu'il lui avait été si fidèle toute sa vie. Quand il fut à son chevet, le roi lui dit: « Mon fidèle Jean, je sens que ma fin approche, et je n'ai pas d'autre souci que celui de mon fils: il est encore à un âge tendre où on ne sait pas toujours quel parti prendre, et si tu ne me promets pas de l'instruire en tout ce qu'il doit savoir et d'être son père adoptif, je ne pourrai pas fermer les yeux en paix. » Alors le fidèle Jean répondit: « Je ne l'abandonnerai pas et le servirai fidèlement, dût-il m'en coûter la vie. » Et le vieux roi lui dit: « En ce cas je mourrai sans crainte et en paix. » Puis il ajouta: « Après ma mort, tu lui montreras tout le château, toutes les chambres, les salles, les souterrains et les trésors qui y sont: mais tu ne lui montreras pas la dernière chambre au bout du long couloir où est caché le portrait de la princesse du Toit d'or. S'il aperçoit ce portrait, il concevra pour elle une passion violente et tombera en syncope[1] et sera à cause d'elle exposé à de grands malheurs ; c'est de cela que tu dois le protéger. » Et quand le fidèle Jean eut encore une fois donné sa parole au vieux roi, celui-ci se tut, posa sa tête sur l'oreiller et mourut.

Quand le vieux roi eut été porté en terre, le fidèle Jean raconta au jeune roi ce qu'il avait promis à son père sur son lit de mort et dit : « Je tiendrai certainement ma promesse, je te serai fidèle comme à lui, et dût-il m'en coûter la vie. » Quand le deuil fut passé, le fidèle Jean lui dit : « Il est temps à présent que tu voies ton héritage : je vais te montrer le château de ton père. » Alors il lui fit tout visiter de haut en bas et lui montra toutes les richesses et les chambres somptueuses mais il n'ouvrit pas cette unique chambre où se trouvait le portrait dangereux. Or, le portrait était placé de telle sorte que, lorsque la porte s'ouvrait, le regard tombait droit sur lui, et il était si magnifiquement fait qu'on eût dit qu'il avait un corps et vivait, et il n'y avait rien de plus charmant et de plus beau dans le monde entier. Cependant le jeune roi ne fut pas sans remarquer que le fidèle Jean passait toujours devant la même porte et il lui dit : « Pourquoi ne m'ouvres-tu jamais cette porte-là ? — Il y a quelque chose dedans, répondit-il, qui te causera une grande frayeur. » Mais le jeune roi répondit : « J'ai vu tout le château, je veux savoir aussi ce qu'il y a là-dedans », il alla donc et voulut forcer la porte. Alors le fidèle Jean le retint et lui dit : « J'ai promis à ton père avant sa mort que tu ne verrais pas ce qu'il

1. S'évanouira.

y a dans cette chambre : il pourrait s'ensuivre de grands malheurs pour toi et pour moi. — Que non, répondit le jeune roi, ma perte est bien plus sûre si je n'y entre pas : je n'aurai de répit ni jour ni nuit que je ne l'aie vu de mes propres yeux. Je ne quitterai pas la place tant que tu ne m'auras pas ouvert. »

Alors le fidèle Jean vit qu'il n'y avait plus rien à faire, et le cœur serré, en soupirant à fendre l'âme, il chercha la clé dans son grand trousseau. Quand il eut ouvert la porte, il entra le premier, pensant cacher le portrait afin que le roi ne le vît pas avant lui : mais à quoi bon ? Le roi se dressa sur la pointe des pieds et regarda par-dessus son épaule. Et quand il aperçut le portrait de la jeune fille, qui était si splendide et étincelait d'or et de pierreries, il tomba sans connaissance. Le fidèle Jean le releva, le porta sur son lit et se dit, soucieux : « Le malheur est arrivé, Dieu, que va-t-il advenir ! » Puis il lui donna du vin pour le réconforter jusqu'à ce qu'il retrouvât ses esprits. Le premier mot qu'il prononça fut : « Ah, qui est la femme de ce beau portrait ? — C'est la princesse du Toit d'or », répondit le fidèle Jean. Alors le roi continua : « Mon amour pour elle est si grand que si toutes les feuilles des arbres avaient des langues, elles ne pourraient pas l'exprimer ; je mets ma vie en jeu pour l'obtenir. Tu es mon fidèle Jean, il faut que tu m'aides. »

Le fidèle Jean réfléchit longtemps à la façon d'entreprendre la chose ; car il serait difficile d'aller simplement se présenter à la princesse. Enfin il imagina un moyen et dit au roi : « Tout ce qui l'entoure est d'or, tables, chaises, plats, coupes, bols et tous ustensiles de ménage. Dans ton trésor il y a cinq tonnes d'or, donnes-en une aux orfèvres du royaume, qui en feront toutes sortes de vases et de récipients, et toutes sortes d'oiseaux, de bêtes sauvages et fabuleuses, ça lui plaira, nous irons la trouver avec ces objets et nous tenterons notre chance.» Le roi envoya chercher tous les orfèvres, ils durent travailler jour et nuit jusqu'à ce que fussent enfin achevées les pièces les plus superbes. Lorsqu'on eut chargé tout cela sur un navire, le fidèle Jean revêtit des habits de marchand, et le roi dut faire de même pour se rendre tout à fait méconnaissable. Puis ils prirent la mer et naviguèrent tant et si bien qu'ils arrivèrent à une ville où habitait la princesse du Toit d'or.

Le fidèle Jean dit au roi de rester seul sur le navire et de l'attendre: «J'amènerai peut-être la princesse avec moi, dit-il, c'est pourquoi veillez à ce que tout soit en ordre, faites exposer les objets d'or et parer tout le bateau.» Là-dessus il fit un choix de toutes sortes d'objets qu'il mit dans son tablier, descendit à terre et se dirigea tout droit vers le château royal. Quand il arriva dans la cour, il vit à la fontaine une belle jeune fille qui avait deux seaux d'or à la main et puisait de l'eau. Et quand elle se retourna, voulant emporter l'eau scintillante, elle aperçut l'étranger et lui demanda qui il était. «Je suis marchand», répondit-il, et entrouvrant son tablier, il lui montra ce qu'il y avait dedans. «Oh, la belle vaisselle d'or!» s'écria-t-elle, puis elle posa ses seaux et admira les objets l'un après l'autre. La jeune fille dit alors: «Il faut que la princesse voie cela, elle prend tant de plaisir aux objets d'or qu'elle vous achètera tout.» Elle le prit par la main et le conduisit en haut, car c'était la camériste. Quand la princesse vit les articles, elle fut toute joyeuse et dit : « C'est si joliment travaillé que je t'achète tout. » Mais le fidèle Jean répondit : « Je ne suis que le serviteur d'un riche marchand : ce que j'ai là n'est rien à côté de ce que mon maître a placé sur son navire, et ce sont les choses les plus ingénieuses et les plus précieuses qui furent jamais façonnées en or. » Elle voulut qu'on lui montât tout, mais il dit : « Il y en a tant qu'il faudrait de nombreux jours, et plus de salles pour les ranger que n'en contient votre maison. » Alors sa curiosité et son envie la reprirent de plus belle, et elle finit par dire : « Conduis-moi au navire, je veux y aller moi-même et contempler les trésors de ton maître. »

Alors le fidèle Jean, tout heureux, la conduisit au navire, et quand le roi l'aperçut, il vit que sa beauté était encore plus grande que sur le portrait, et il ne douta pas que son cœur n'allât éclater. Elle monta sur le bateau et le roi la fit entrer ; mais le fidèle Jean resta en arrière, auprès du timonier[1], et lui dit de démarrer : « Mettez toutes voiles dehors, que le navire vole comme un oiseau dans les airs. » À l'intérieur, cependant, le roi lui montrait la vaisselle d'or, chaque pièce séparément, les plats, les coupes, les bols, les oiseaux, les bêtes sauvages et les animaux fabuleux. Tandis qu'elle contemplait tout cela, les heures passèrent, et dans sa joie, elle ne remarqua pas que le navire voguait au large. Quand elle eut admiré la dernière pièce, elle remercia le marchand et voulut rentrer ; mais en s'approchant du bord du bateau, elle vit

1. Matelot qui surveille la direction du navire.

qu'il était en haute mer et s'éloignait à toutes voiles : « Ah, s'écria-t-elle, épouvantée, on m'a trompée, j'ai été enlevée et je suis tombée au pouvoir d'un marchand ; plutôt mourir ! » Mais le roi la prit par la main et lui dit : « Je ne suis pas marchand, je suis roi et je ne te suis pas inférieur par la naissance mais que je t'aie enlevée par ruse, cela n'est dû qu'à mon trop grand amour. La première fois que j'ai vu ton portrait, je suis tombé par terre, sans connaissance. » En entendant ces mots, la princesse du Toit d'or fut apaisée, et son cœur sentit un penchant pour lui, en sorte qu'elle consentit volontiers à devenir sa femme.

Or, tandis qu'ils s'éloignaient en haute mer, le fidèle Jean, qui était assis à l'avant et faisait de la musique, aperçut dans les airs trois corbeaux qui s'en venaient à tire-d'aile. Alors il cessa de jouer et écouta leur conversation, car il comprenait fort bien leur langage. L'un d'eux s'écria : « Hé, le voilà qui conduit chez lui la princesse du Toit d'or. — Oui, répondit le deuxième, il ne l'a pas encore. » Et le troisième : « Mais il l'a, elle est avec lui sur le bateau. » Le premier reprit alors : « La belle avance ! Quand ils seront à terre, un cheval roux bondira devant lui et il voudra se hisser sur son dos ; s'il le fait, il sera emporté au galop avec lui et disparaîtra dans les airs, si bien qu'il ne verra plus jamais sa fiancée. » Le deuxième dit : « N'y a-t-il pas de remède ? — Oh si, il faut qu'un autre se mette vivement en selle, prenne le fusil qui doit se trouver dans les fontes[1] et tue le cheval d'un coup de feu, alors le jeune roi sera sauvé. Mais qui

1. Étuis de cuir pour ranger des fusils, attachés à la selle.

sait cela ! Et celui qui le saurait et le lui dirait serait changé en pierre depuis les orteils jusqu'aux genoux. » Alors le deuxième dit : « J'en sais davantage ; une fois le cheval tué, le jeune roi n'aura pas encore sa fiancée : quand ils arriveront ensemble au château, ils trouveront là, posée sur un plat, une chemise nuptiale factice qui a l'air d'être tissée d'argent et d'or, mais qui n'est que poix et soufre : s'il s'en revêt, il sera brûlé jusqu'à la moelle des os. » Le troisième dit : « N'y a-t-il pas de remède ? — Oh si, répondit le deuxième, si quelqu'un saisit la chemise avec des gants et la jette au feu afin qu'elle s'y consume, le jeune roi sera sauvé. Mais qui sait cela ! Et celui qui le saurait et le lui dirait serait changé en pierre depuis les genoux jusqu'au cœur. » Le troisième dit alors : « J'en sais davantage ; une fois la chemise nuptiale brûlée, le jeune roi n'aura pas encore sa fiancée : après la noce, quand le bal s'ouvrira et que la jeune reine se mettra à danser, elle pâlira subitement et tombera comme morte : et elle mourra si quelqu'un ne la relève pas et ne lui tire pas du sein droit trois gouttes de sang qu'il devra aussitôt recracher. Mais si celui qui sait cela le disait, il serait changé en pierre de la tête aux pieds. » Quand les corbeaux eurent échangé ces paroles, ils continuèrent leur vol, et le fidèle Jean avait tout compris, mais à partir de cet instant, il se montra silencieux et triste ; car s'il cachait à son maître ce qu'il avait entendu, celui-ci serait malheureux ; s'il le lui révélait, c'est lui-même qui devrait le payer de sa vie. Enfin il se dit : « Je vais sauver mon maître, et dussé-je moi-même en périr. »

Or donc, comme ils arrivaient à terre, un splendide

coursier roux s'en vint au galop : « Eh bien, dit le roi, il me portera au château », et il voulut se mettre en selle, mais le fidèle Jean prit les devants, il s'élança vivement, tira le fusil des fontes et abattit le cheval. Alors les autres serviteurs du roi, qui n'aimaient pas beaucoup le fidèle Jean, s'écrièrent : « Quelle honte de tuer cette belle bête qui devait porter le roi en son château ! » Mais le roi répondit : « Taisez-vous et laissez-le faire, c'est mon fidèle Jean, qui sait à quoi cela peut être bon ! » Ensuite ils allèrent au château et là, dans la salle, il y avait un plat où était posée la chemise nuptiale factice et elle avait bel et bien l'air d'être d'or et d'argent. Le jeune roi s'en approcha et voulut la prendre, mais le fidèle Jean l'écarta, saisit la chemise avec des gants, la jeta vivement au feu et la laissa se consumer. Les autres serviteurs recommencèrent à murmurer et dirent : « Voyez donc, voilà maintenant qu'il brûle la chemise nuptiale du roi. » Mais le jeune roi dit : « Qui sait à quoi cela peut être bon, laissez-le faire, c'est mon fidèle Jean. » Puis on célébra les noces : le bal commença et la mariée entra à son tour dans la danse, alors le fidèle Jean fit attention et observa son visage ; tout à coup elle pâlit et tomba comme morte sur le sol. Alors il se précipita vers elle en toute hâte, la releva et la porta dans une chambre, puis il la coucha, s'agenouilla devant elle, suça les trois gouttes de sang de son sein droit et les recracha aussitôt. Peu après elle reprit son souffle et se remit, mais le jeune roi avait vu ce qui s'était passé et, ignorant pourquoi le fidèle Jean l'avait fait, il en conçut de la colère et s'écria : « Qu'on le jette en prison ! » Le lendemain, le fidèle Jean fut condamné et conduit à la potence, et quand il fut en haut, prêt à être exécuté, il dit: « Tout homme qui doit mourir a le droit de parler une fois encore avant sa fin, aurais-je ce droit aussi? — Oui, répondit le roi, je te l'accorde. » Le fidèle Jean dit alors: « Je suis injustement condamné et je t'ai toujours été fidèle. » Et il raconta comment il avait entendu la conversation des corbeaux en mer et tout ce qu'il avait dû faire pour sauver son maître. Alors le roi s'écria: « Ô mon fidèle Jean! Grâce! Grâce! Faites-le descendre! » Mais à l'instant où il avait prononcé le dernier mot, le fidèle Jean était tombé, inerte, et s'était changé en pierre.

Le roi et la reine en furent très affligés et le roi dit: « Ah, comme j'ai mal récompensé sa grande fidélité! » et il ordonna de relever l'image de pierre et de la placer dans sa chambre à côté de son lit. Chaque fois qu'il la regardait, il se mettait à pleurer et disait: « Ah, que ne puis-je te ranimer, mon fidèle Jean. » Il se passa un certain temps, puis la reine mit au monde deux jumeaux, deux petits garçons qui grandissaient et faisaient toute sa joie. Un jour que la reine était à l'église et que les deux enfants étaient en train de jouer auprès de leur père, celui-ci regarda une fois de plus l'image de pierre avec des yeux pleins de tristesse, soupira et dit: « Ah, que ne puis-je te ranimer, mon fidèle Jean. » Alors la pierre se mit à parler et dit: « Oui, tu peux me ranimer, à condition que tu me sacrifies ce que tu as de plus cher. » Alors le roi s'écria: « Je donnerai pour toi tout ce que j'ai au monde. » Et la pierre continua: « Si, de tes propres mains, tu coupes la tête de tes deux enfants et que tu me frottes avec leur sang, je recouvrerai la vie. » En entendant qu'il devait tuer lui-même ses enfants chéris, le roi fut épouvanté, mais il pensa à sa grande fidélité et que le fidèle Jean était mort pour lui, il tira donc son épée et décapita ses enfants de sa propre main. Et quand il eut frotté la pierre avec leur sang, la vie lui revint et le fidèle Jean se trouva frais et dispos devant lui. Il dit au roi : « Ta fidélité ne sera pas sans récompense », il prit la tête des enfants, les plaça sur leurs épaules et frotta les plaies avec leur sang, en un clin d'œil ils furent sains et saufs, se mirent à sauter de tous côtés et continuèrent de jouer comme si rien ne s'était passé. Le roi fut empli de joie et quand il vit venir la reine, il cacha le fidèle Jean et les deux enfants dans une grande armoire. Quand elle entra, il lui dit : « As-tu prié à l'église ? — Oui, dit-elle, mais je n'ai cessé de penser au fidèle Jean, qui a connu un sort si malheureux à cause de nous. » Alors il dit : « Ma chère femme, nous pouvons lui rendre la vie, mais cela nous coûtera nos deux petits garçons, il nous faudra les sacrifier. » La reine pâlit et fut épouvantée en son cœur, pourtant elle dit : « Nous le lui devons à cause de sa grande fidélité. » Alors il se réjouit de voir qu'elle avait eu la même pensée que lui, il alla à l'armoire, l'ouvrit, fit sortir les enfants et le fidèle Jean et dit : « Dieu soit loué, il est délivré et nous avons retrouvé nos fils » et il lui raconta ce qui s'était passé. Alors ils vécurent ensemble et furent heureux jusqu'à la fin de leurs jours.

Raiponce

Il était une fois un homme et une femme qui depuis longtemps désiraient en vain un enfant, enfin la femme fut en espérance que le bon Dieu exaucerait leur vœu. Ces gens avaient à l'arrière de leur maison une petite fenêtre par où l'on pouvait voir dans un superbe jardin plein des plus belles fleurs et herbes ; mais il était entouré d'un haut mur et personne n'osait y entrer car il appartenait à une magicienne qui avait un grand pouvoir et était redoutée de tout le monde. Un jour, la femme était à cette fenêtre et regardait en bas dans le jardin, voilà qu'elle aperçut une plate-bande qui était plantée des plus belles raiponces[1] et elles étaient si fraîches et si vertes qu'elle eut une envie et ressentit le plus grand désir de manger des raiponces. Ce désir allait croissant chaque jour et, comme elle savait qu'elle n'en aurait pas, elle dépérit, eut une mine blême et misérable. Alors, l'homme prit peur et demanda : « Que te manque-t-il, chère femme ? — Ah ! répondit-elle, si je n'arrive pas à manger de raiponces du jardin qui est derrière notre maison, je meurs. »

1. Plante potagère qui se mange en salade.

Le mari, qui l'aimait bien, pensa : « Avant de laisser mourir ta femme, tu vas lui chercher des raiponces, quel qu'en soit le prix. » Le soir, il sauta le mur du jardin de la magicienne, saisit en toute hâte une poignée de raiponces, et les apporta à sa femme. Elle les mit aussitôt en salade et les mangea goulûment. Mais elles lui avaient tant plu au goût que le lendemain elle en eut trois fois plus envie. Pour qu'elle se calmât, le mari dut encore une fois sauter le mur du jardin. Il le fit donc à la tombée du soir, mais quand il fut descendu du mur, il eut une peur énorme car il vit devant lui la magicienne. « Comment peux-tu oser, dit-elle avec un regard courroucé, entrer par escalade dans mon jardin et me voler mes raiponces comme un larron ? Il t'en cuira. — Ah ! répondit-il, faites prévaloir grâce sur droit, je ne m'y suis résolu que par nécessité : ma femme a aperçu vos raiponces par la fenêtre et éprouve une si grande envie qu'elle mourra si elle n'en a pas à manger. »

Alors la magicienne revint un peu de son courroux[1] et lui dit : « S'il en est ainsi que tu le dis, je te permettrai d'emporter des raiponces tant que tu voudras, seulement je pose une condition : tu devras me donner l'enfant que ta femme mettra au monde. Il sera bien traité et j'en prendrai soin comme une mère. » L'homme dans son angoisse dit oui à tout et, quand la femme fut en couches[2], la magicienne aussitôt parut, donna à l'enfant le nom de Raiponce et l'emporta.

---

1. Colère.
2. Pendant et après l'accouchement.

Raiponce devint la plus belle enfant du monde. Quand elle eut douze ans, la magicienne l'enferma dans une tour située dans une forêt et qui n'avait ni escalier ni porte, sauf tout en haut une toute petite fenêtre. Quand la magicienne voulait entrer, elle se plaçait au pied de la tour et criait :

Raiponce, Raiponce,
Laisse descendre tes cheveux.

Raiponce avait de superbes cheveux longs, fins comme l'or filé. Quand elle entendait la voix de la magicienne, elle défaisait ses nattes, les nouait en haut à un crochet de fenêtre et alors les cheveux tombaient vingt aunes[1] plus bas et la magicienne y grimpait.

Après une paire d'années, il se trouvait que le fils du roi vint à cheval par la forêt et passa au pied de la tour. Alors il entendit un chant, s'arrêta et tendit l'oreille : c'était Raiponce qui passait ainsi le temps dans sa solitude à faire retentir sa charmante voix. Le fils du roi voulut monter jusqu'à elle et chercha une porte de la tour mais il n'en pouvait trouver. Il rentra à son logis, mais le chant avait si fort touché son cœur que chaque jour il retournait dans la forêt l'écouter. Un jour qu'il était ainsi derrière un arbre, il vit qu'une magicienne arrivait et criait vers le haut de la tour :

Raiponce, Raiponce,
Laisse descendre tes cheveux.

---

1. Mesure de longueur ; vingt aunes égalent environ vingt-quatre mètres.

Alors Raiponce défit ses tresses, les laissant tomber, et la magicienne y grimpa. « Si c'est l'échelle par où l'on monte, je tenterai aussi ma chance un jour. » Et le lendemain, quand il commençait à faire sombre, il alla au pied de la tour et cria :

Raiponce, Raiponce,
Laisse descendre tes cheveux.

Aussitôt les cheveux tombèrent et le fils de roi y grimpa. D'abord Raiponce eut grand-peur quand un homme entra chez elle tel que ses yeux n'en avaient encore vu de pareil, mais le fils de roi se mit à lui parler tout à fait amicalement et lui conta que son cœur avait été à ce point ému par son chant qu'il ne l'avait plus laissé en repos et qu'il avait eu besoin de la voir en personne. Comme Raiponce revenait de sa frayeur, quand il lui demanda si elle voulait le prendre pour mari et vit qu'il était jeune et beau, elle pensa : « Celui-là m'aimera mieux que la vieille madame Gothel », et dit oui et mit sa main dans la sienne. Elle dit : « Je veux bien aller avec toi, mais je ne sais comment je peux descendre. Si tu viens, apporte chaque fois un écheveau de soie[1], j'en tresserai une échelle et quand elle sera finie je descendrai et tu me prendras sur ton cheval. » Ils convinrent que désormais il viendrait tous les soirs la voir car de jour la vieille venait.

La magicienne ne s'aperçut de rien jusqu'au jour où Raiponce se mit à lui dire : « Dis-moi donc, Dame

1. Bobine de fil de soie.

Gothel, d'où vient-il seulement que j'ai bien plus de peine à vous hisser que le jeune fils de roi qui se trouve à l'instant auprès de moi ? — Ah ! enfant abominable, s'écria la magicienne, que dois-je entendre de ta bouche ! Je pensais t'avoir séparée du monde entier et pourtant tu m'as trompée ! »

Dans sa colère, elle happa les beaux cheveux de Raiponce, les roula plusieurs fois autour de sa main gauche, saisit de la main droite des ciseaux et ritch, ratch ! elle les avait coupés, et les belles tresses gisaient par terre. Et elle fut sans pitié au point de mettre la pauvre Raiponce en un lieu désert où elle dut vivre dans la plainte et le désespoir.

Mais le même jour où elle avait exilé Raiponce, le soir, la magicienne noua les tresses coupées aux crochets de la fenêtre et quand le fils de roi vint et s'écria :

Raiponce, Raiponce,
Laisse descendre tes cheveux,

elle laissa pendre les cheveux jusqu'à terre. Le fils de roi grimpa, mais là-haut ne trouva pas sa chère Raiponce, mais la magicienne qui le regardait d'un air méchant et venimeux. « Aha ! s'écria-t-elle railleuse[1], tu veux emmener ta Dame Chérie, mais le bel oiseau n'est plus au nid et ne chante plus, le chat l'a emporté et lui arrachera les yeux en plus. » Le fils du roi fut hors de lui de douleur et dans son désespoir il sauta à bas de la tour ; il s'en tira vivant, mais les épines où

---

1. Moqueuse.

il tomba lui crevèrent les yeux. Alors, aveugle, il erra dans la forêt ne mangeant rien que des baies et des racines et ne faisant rien que gémir et pleurer sur la perte de sa très chère femme. Ainsi quelques années il s'en fut errant et se trouva enfin dans le lieu désert où Raiponce vivait dans le besoin avec les deux jumeaux qu'elle avait eus, un garçon et une fille. Il entendit une voix et elle lui sembla connue ; il alla dans cette direction et, comme il arrivait, Raiponce le reconnut et se jeta à son cou en pleurant. Mais toutes ses larmes mouillèrent ses yeux, il vit à nouveau clair, et il voyait comme auparavant. Il la conduisit dans son royaume où il fut accueilli avec joie et ils vécurent encore longtemps, heureux et satisfaits.

Les Trois Nains de la forêt

Il était un homme dont la femme mourut, et une femme dont le mari mourut ; et l'homme avait une fille, et la femme avait une fille. Les petites filles se connaissaient et allaient se promener ensemble et rentraient ensuite à la maison de la femme. Alors elle dit à la fille de l'homme : « Écoute, dis à ton père que je veux l'épouser, alors tu auras chaque matin du lait pour te laver et du vin à boire, tandis que ma fille se lavera dans de l'eau et boira de l'eau. » La petite fille rentra chez elle et raconta à son père ce que la femme avait dit. L'homme : « Que dois-je faire ? Le mariage est une joie et aussi un tourment. » Pour finir, comme il ne parvenait pas à se décider, il retira sa botte et dit : « Prends cette botte, la semelle en est percée, va avec au grenier, pends-la au gros clou et verse de l'eau dedans. Si elle ne fuit pas, je me remarierai, mais si elle fuit, je refuse. » La fillette fit ce qu'il lui avait ordonné : mais sous l'effet de l'eau le trou se resserra et la botte se remplit jusqu'au bord. Elle rapporta à son père ce que le sort avait décidé. Alors il monta voir lui-même et il constata que c'était vrai ; il alla demander la veuve en mariage et les noces eurent lieu.

Le lendemain, quand les deux jeunes filles se levèrent, la fille de l'homme trouva du lait pour se laver et du vin à boire, tandis que la fille de la femme avait de l'eau pour se laver et de l'eau à boire. Le surlendemain, il y eut pour l'une comme pour l'autre de l'eau pour se laver et de l'eau à boire. Et le troisième jour la fille de l'homme eut de l'eau pour se laver et de l'eau à boire, tandis que la fille de la femme avait du lait pour se laver et du vin à boire, et on en resta là. La femme se mit à détester cordialement sa belle-fille et ne sut qu'inventer pour lui rendre la vie de plus en plus dure. De plus elle était jalouse, parce que sa belle-fille était belle et aimable, tandis que sa vraie fille était laide et repoussante.

Un jour d'hiver, comme il avait gelé à pierre fendre et que monts et vallées étaient ensevelis sous la neige, la femme confectionna une robe de papier, appela la jeune fille et lui dit : « Mets cette robe, va dans la forêt et rapporte-moi un petit panier de fraises : j'en ai envie. — Mon Dieu, dit la jeune fille, c'est que les fraises ne poussent pas en hiver, la terre est gelée, et puis la neige a tout recouvert. Et pourquoi irais-je dans cette robe de papier ? Il fait si froid dehors qu'on en a l'haleine gelée : le vent va passer au travers et les ronces me l'arracheront. — Vas-tu encore répliquer ? répondit la belle-mère, tâche de filer et ne t'avise pas de reparaître avant d'avoir rempli le panier de fraises. » Après quoi elle lui donna un petit bout de pain dur et dit : « Tu en auras pour toute la journée », et elle pensait qu'elle allait mourir de faim et de froid et qu'elle ne reparaîtrait jamais devant ses yeux.

Or la jeune fille était obéissante, elle mit la robe de papier et s'en alla avec son petit panier. Il n'y avait rien que de la neige à la ronde, et l'on ne voyait pas le moindre brin d'herbe. En arrivant dans la forêt, elle aperçut une petite maison où trois nains étaient à la fenêtre. Elle leur souhaita le bonjour et frappa discrètement à la porte. Ils lui crièrent d'entrer, elle entra dans la pièce et s'assit sur un banc près du poêle, afin de se réchauffer et de manger son goûter. Les nains lui dirent : « Donne-nous-en un morceau. — Volontiers », dit-elle, elle coupa son morceau de pain en deux et leur en donna la moitié. Ils lui demandèrent : « Que vas-tu faire dans la forêt par ce jour d'hiver, avec ta petite robe mince ? — Ah ! dit-elle, il faut que je cherche des fraises pour remplir mon panier et tant que je ne le rapporterai pas je ne pourrai pas rentrer à la maison. » Quand elle eut mangé son pain, ils lui donnèrent un balai et dirent : « Balaie la neige à la porte de derrière. » Mais quand elle fut dehors, les trois petits hommes se dirent : « Qu'allons-nous lui donner pour la récompenser d'être si gentille et si bonne et d'avoir partagé son pain avec nous ? » Alors le premier dit : « Elle aura le don d'embellir de jour en jour. » Le deuxième dit : « Il lui tombera des pièces d'or de la bouche chaque fois qu'elle proférera un mot. » Le troisième dit : « Un roi viendra et la prendra pour femme. »

Cependant la jeune fille faisait ce que les nains lui avaient dit, elle balayait la neige, derrière la petite maison, et que croyez-vous qu'elle trouva ? Rien que des fraises mûres qui faisaient des taches rouge sombre sur la neige. Alors, dans sa joie, elle en ramassa plein son panier, remercia les petits hommes, donna la main à chacun d'eux et rentra chez elle en courant pour rapporter ce que sa belle-mère lui avait demandé. Comme elle disait « Bonjour » en entrant, aussitôt une pièce d'or lui tomba de la bouche. Puis elle raconta ce qui lui était arrivé dans la forêt, et à chaque mot qu'elle prononçait les pièces d'or lui sortaient de la bouche, de sorte que bientôt toute la pièce en fut couverte. « Voyez un peu cette outrecuidance, dit sa demi-sœur, gaspiller ainsi l'argent », mais elle était secrètement jalouse et voulut aller à son tour chercher des fraises dans la forêt. « Non, ma petite fille, dit la mère, il fait trop froid, tu pourrais en mourir. » Mais comme elle ne lui laissait pas de répit, elle finit par céder, lui fit une splendide veste de fourrure, qu'elle dut mettre, et lui donna des tartines et un gâteau pour la route.

La jeune fille alla dans la forêt et se dirigea tout droit vers la petite maison, les trois petits hommes étaient toujours à la fenêtre, mais elle ne les salua pas et sans leur accorder un regard ni un bonjour, elle entra dans la pièce en trébuchant, s'assit près du poêle et se mit à manger ses tartines et son gâteau. « Donne-nous-en un morceau », s'écrièrent les petits hommes, mais elle répondit : « Je n'en ai pas assez pour moi, comment en donnerais-je encore aux autres ? » Quand elle eut fini de manger, ils lui dirent : « Voici un balai, nettoie la neige dehors, à la porte de derrière. » Mais elle répondit : « Hé, balayez vous-mêmes, je ne suis pas votre servante. » Voyant qu'ils ne voulaient rien lui donner, elle prit la porte et s'en alla. Alors les trois petits hommes se dirent entre eux : « Qu'allons-nous lui donner pour la punir d'être si désagréable et d'avoir un cœur méchant et jaloux qui n'accorde rien à personne ? » Le premier dit : « Elle aura le don d'enlaidir de jour en jour. » Le deuxième dit : « À chaque mot qu'elle prononcera, un crapaud lui sortira de la bouche. » Le troisième dit : « Elle mourra d'une mort terrible. » La jeune fille cherchait des fraises dehors ; mais comme elle n'en trouva pas, elle rentra de méchante humeur à la maison. Et quand elle ouvrit la bouche pour raconter à sa mère ce qui lui était arrivé dans la forêt, voici qu'à chaque mot un crapaud lui sortait de la bouche, de sorte qu'elle inspirait à tous de la répulsion.

À présent la belle-mère était encore plus en colère et ne pensait plus qu'à faire tout le mal possible à la fille de l'homme, dont la beauté croissait vraiment de jour en jour. Enfin elle prit un chaudron, le mit sur le feu et y fit bouillir du fil. Quand il fut bouilli, elle le pendit aux épaules de la jeune fille et lui donna une hache : elle devait aller avec cela sur la rivière gelée, faire un trou dans la glace et rouir[1] le fil. Comme elle était obéissante, elle y alla, fit un trou dans la glace et elle était en train de creuser quand passa un splendide carrosse dans lequel se trouvait le roi. Le carrosse s'arrêta et le roi demanda : « Mon enfant, qui es-tu et que fais-tu là ? — Je suis une pauvre fille et je rouis du fil. » Alors le roi la prit en pitié et quand il vit qu'elle était si belle, il lui dit : « Veux-tu venir avec moi ? — Oh oui, de tout cœur », répondit-elle, car elle était bien aise[2] de ne plus avoir à paraître devant sa mère et sa sœur.

1. Séparer les brins d'une pelote pour en faire du fil.
2. Bien contente.

Elle monta donc dans le carrosse et quand ils furent arrivés au château, on célébra la noce en grande pompe[1], selon le don que les nains lui avaient fait. Au bout d'un an, la jeune reine eut un fils, et quand sa belle-mère eut entendu parler de son grand bonheur, elle vint au château avec sa fille et feignit[2] de vouloir lui faire une visite. Mais comme le roi était sorti un moment et qu'il n'y avait personne d'autre dans la chambre, la méchante femme saisit la reine par la tête, sa fille la saisit par les pieds, puis elles la soulevèrent du lit et la jetèrent par la fenêtre dans le fleuve qui coulait devant. Après quoi elle coucha sa vilaine fille dans le lit, et la vieille la couvrit jusqu'à la tête. Quand le roi revint et voulut parler à sa femme, la vieille s'écria : « Chut chut, pas maintenant, elle est toute baignée de sueur, il faut la laisser en repos aujourd'hui. » Le roi n'y vit rien de mal et ne revint que le lendemain matin, et quand il se mit à parler à sa femme et qu'elle lui répondit, voici qu'à chaque mot un crapaud lui sortait de la bouche, tandis que d'ordinaire il en tombait une pièce d'or. Il demanda alors comment cela se faisait, mais la vieille lui dit que cela venait de la forte transpiration et que cela ne tarderait pas à disparaître.

La nuit, pourtant, le marmiton[3] vit une cane qui nageait dans le caniveau et disait :

Roi, que fais-tu ?
Dors-tu ou veilles-tu ?

---

1. Avec splendeur.
2. Fit semblant.
3. Jeune aide-cuisinier.

Et comme il ne donnait pas de réponse, elle dit :

Que font mes hôtes ?

Alors le marmiton répondit :

Ils dorment d'un sommeil profond.

Elle demanda encore :

Que fait mon petit enfant ?

Et il répondit :

Dans son berceau il dort gentiment.

Alors la reine reprit sa forme et monta, elle lui donna à boire, arrangea son petit lit, le couvrit et repartit sous l'aspect d'une cane en nageant dans le caniveau. Elle vint ainsi deux nuits de suite, la troisième nuit elle dit au marmiton : « Va dire au roi de prendre son épée et de la brandir trois fois sur le seuil au-dessus de moi. » Le marmiton courut le dire au roi, qui vint avec son épée et la brandit trois fois au-dessus du fantôme : et à la troisième fois son épouse se trouva devant lui, fraîche, saine et sauve, telle qu'elle était auparavant.

Alors le roi fut en grande joie ; mais il tint la reine cachée dans un cabinet[1] jusqu'au dimanche, où l'en-

1. Petite pièce à l'écart.

fant devait être baptisé. Et quand il fut baptisé, il dit : « Que convient-il de faire à quelqu'un qui en a tiré un autre du lit et l'a jeté à l'eau ? — Il ne mérite rien de mieux, dit la vieille, que d'être mis dans un tonneau garni de clous que l'on fera rouler du haut de la montagne jusqu'au fleuve. » Alors le roi dit : « Tu as prononcé ta sentence », il fit faire un tonneau semblable et mettre la vieille avec sa fille dedans, puis le fond fut cloué et le tonneau dégringolant le long de la montagne roula jusqu'au fleuve.

Jeannot et Margot

À l'orée d'un grand bois habitait un pauvre bûcheron avec sa femme et ses deux enfants, le petit garçon se nommait Jeannot, la petite fille Margot. Il avait peu de choses à se mettre sous la dent, et une fois qu'une grande disette[1] s'était abattue sur le pays, il ne put pas même se procurer le pain quotidien. Un soir qu'il se tracassait et que les soucis le faisaient se retourner dans son lit, il soupira et dit à sa femme : « Qu'allons-nous devenir ? Comment pourrons-nous nourrir nos pauvres enfants, alors que nous n'avons plus rien pour nous-mêmes ? — J'ai une idée, homme, répondit la femme, demain, de bon matin nous conduirons les enfants dans le bois, au plus épais des fourrés. Là nous leur ferons du feu, nous donnerons encore un petit bout de pain à chacun, puis nous irons à l'ouvrage et nous les laisserons seuls. Ils ne retrouveront pas le chemin de la maison et nous en serons débarrassés. — Non, femme, dit le mari, je ne ferai pas cela, comment aurais-je le cœur d'abandonner mes enfants dans la forêt, les bêtes sauvages

1. Famine.

viendraient bientôt les déchirer. — Sot que tu es, dit-elle, alors nous mourrons de faim tous les quatre, tu n'as plus qu'à raboter les planches de nos cercueils », et elle ne lui laissa ni trêve ni repos qu'il n'ait consenti. « Tout de même, ces pauvres enfants me font pitié », dit l'homme.

Les deux enfants avaient tellement faim qu'ils n'avaient pas pu s'endormir non plus et ils avaient entendu ce que la marâtre[1] avait dit à leur père. Margot versa des larmes amères et dit à Jeannot : « Maintenant, c'en est fait de nous. — Chut, Margot, dit Jeannot, ne te tourmente pas, je nous tirerai bien d'affaire. » Et quand les vieux furent endormis, il se leva, mit sa petite veste, ouvrit le bas de la porte et se glissa dehors. Il faisait un beau clair de lune, et les cailloux blancs qui étaient répandus devant la maison brillaient comme de vrais sous neufs. Jeannot se baissa et en fourra dans ses poches autant qu'il voulut en entrer. Puis il rentra et dit à Margot : « Aie confiance, chère petite sœur, et endors-toi tranquillement, Dieu ne nous abandonnera pas. » Et il se recoucha.

À l'aube, avant même que le soleil fût levé, la femme entrait déjà et réveillait les deux enfants : « Debout, paresseux, nous allons dans la forêt chercher du bois. » Puis elle donna à chacun un petit morceau de pain et dit : « Voilà quelque chose pour votre midi, mais ne le mangez pas avant, vous n'aurez rien de plus. » Margot mit le pain sous son tablier, parce que Jeannot avait les cailloux dans sa poche. Ensuite ils prirent tous le chemin du bois. Quand ils eurent

1. Belle-mère.

marché un petit bout de temps, Jeannot s'arrêta, se retourna pour voir du côté de la maison et tout le temps recommença ce manège. Le père dit : « Jeannot, qu'as-tu à lorgner et à rester en arrière ? fais attention et n'oublie pas tes jambes. — Ah, père, dit Jeannot, je regarde mon chaton blanc, il est perché sur le toit et veut me dire adieu. » La femme dit : « Petit sot, ce n'est pas ton chaton, c'est le soleil du matin qui brille sur la cheminée. » Cependant Jeannot n'avait pas regardé son petit chat, mais chaque fois il avait jeté sur le chemin un des petits cailloux blancs de sa poche.

Quand ils furent arrivés en pleine forêt, le père dit : « Maintenant, ramassez du bois, mes enfants, je vais faire du feu pour que vous n'ayez pas froid. » Jeannot et Margot ramassèrent du petit bois et en firent un tas haut comme une petite montagne. Le fagot[1] fut allumé et quand la flamme brûla bien haut, la femme dit : « Maintenant couchez-vous auprès du feu, mes enfants, et reposez-vous, nous allons dans la forêt abattre du bois. Quand nous aurons fini, nous reviendrons vous chercher. »

Jeannot et Margot restèrent assis auprès du feu et quand vint midi, ils mangèrent chacun leur petit bout de pain. Et comme ils entendaient les coups de la cognée[2], ils croyaient que leur père était dans le voisinage. Mais ce n'était pas la cognée, c'était une branche que leur père avait attachée à un arbre mort et que le vent battait de-ci de-là. Et, quand ils furent

1. Petit bois lié ensemble.
2. Hache.

restés ainsi longtemps, leurs yeux se fermèrent de fatigue et ils s'endormirent profondément. Lorsqu'ils se réveillèrent enfin, il faisait déjà nuit noire. Margot se mit à pleurer et dit : « Comment allons-nous sortir du bois à présent ? » Mais Jeannot la consola : « Attends un petit moment que la lune soit levée, alors nous trouverons bien notre chemin. » Et quand la pleine lune fut levée, Jeannot prit sa petite sœur par la main et suivit les cailloux qui luisaient comme des sous nouvellement frappés et leur montraient le chemin. Ils marchèrent toute la nuit et arrivèrent à la maison de leur père au lever du jour. Ils frappèrent à la porte et quand la femme ouvrit et vit que c'était Jeannot et Margot, elle dit : « Méchants enfants, pourquoi avez-vous dormi si longtemps dans la forêt, nous avons cru que vous ne vouliez plus rentrer du tout. » Mais le père se réjouit, car il avait du chagrin de les avoir laissés ainsi tout seuls.

Peu de temps après, la misère fut de nouveau partout dans la maison, et une nuit, les enfants entendirent leur mère dire à leur père dans le lit : « Tout a été de nouveau mangé, nous avons encore la moitié d'une miche de pain, et après, finie la chanson. Il faut que les enfants s'en aillent, nous les conduirons plus loin dans la forêt afin qu'ils ne trouvent pas le chemin pour en sortir, autrement pas de salut pour nous. » L'homme eut le cœur serré et il pensa : « Il vaudrait mieux partager ta dernière bouchée avec tes enfants. » Mais la femme ne voulut rien savoir de ce qu'il disait, elle l'injuria et lui fit des reproches. Il n'y a que le premier pas qui coûte, et comme il avait cédé la première fois, il dut céder aussi la deuxième.

Mais les enfants étaient encore éveillés et ils avaient entendu la conversation. Quand les vieux furent endormis, Jeannot se releva et voulut sortir pour ramasser des cailloux comme l'autre fois, mais la femme avait fermé la porte à clé et il ne put sortir. Pourtant il consola sa petite sœur et dit : « Ne pleure pas, Margot, et dors tranquille, le bon Dieu nous viendra bien en aide. »

Au petit matin, la femme vint chercher les enfants dans leur lit. On leur donna leur bout de pain, mais il était encore plus petit que la première fois. Sur la route de la forêt, Jeannot l'émietta dans sa poche, il s'arrêtait souvent et en jetait une miette par terre. « Jeannot, qu'as-tu à t'arrêter et à lorgner autour de toi ? dit le père, allons, marche. — Je regarde mon pigeonneau, il est perché sur le toit et veut me dire adieu. — Petit sot, dit la femme, ce n'est pas ton pigeonneau, c'est le soleil du matin qui luit sur le haut de la cheminée. » Mais petit à petit, Jeannot jeta toutes les miettes sur le chemin.

La femme conduisit les enfants encore plus loin dans la forêt, là où ils n'avaient jamais été de leur vie. On fit de nouveau un grand feu et la mère leur dit : « Restez là, enfants, et quand vous serez fatigués, vous pourrez dormir un peu. Nous allons dans la forêt abattre du bois et ce soir, quand nous aurons fini, nous viendrons vous chercher. » Quand il fut midi, Margot partagea son pain avec Jeannot qui avait semé son morceau le long du chemin. Ensuite ils s'endormirent et la soirée se passa sans que personne vînt vers les pauvres enfants. Ils ne se réveillèrent qu'à la nuit noire, et Jeannot consola sa petite sœur en lui disant : « Attends donc, Margot, que la lune soit levée, alors nous verrons les miettes que j'ai semées, elles nous montreront le chemin de la maison. » Quand la lune se leva, ils se mirent en route, mais ils ne trouvèrent plus une seule miette, car les milliers d'oiseaux qui volent par les bois et les champs les avaient picorées. Jeannot dit à Margot : « Nous retrouverons bien notre chemin », mais ils ne le retrouvèrent pas. Ils marchèrent toute la nuit et tout un jour du matin au soir mais ils ne purent sortir du bois et ils avaient grand-faim, car ils n'avaient rien d'autre que les quelques baies qui poussaient par terre. Et comme ils étaient si las que leurs jambes ne voulaient plus les porter, ils se couchèrent sous un arbre et s'endormirent. Et déjà le matin se leva pour la troisième fois depuis leur départ de la maison paternelle. Ils se remirent en route, mais ils s'enfoncèrent de plus en plus dans les bois, et s'il ne leur venait pas bientôt du secours, il leur faudrait périr d'inanition[1]. Quand il fut midi, ils aperçurent, perché sur une branche, un joli petit oiseau blanc comme neige qui chantait si bien qu'ils s'arrêtèrent pour l'écouter. Et quand il eut fini, il prit son essor et partit devant eux à tire-d'aile, et ils le suivirent jusqu'à une maisonnette sur le toit de laquelle il se posa ; et en s'approchant, ils virent que la maisonnette était de pain et couverte d'un toit de gâteau ; quant aux fenêtres elles étaient en sucre candi. « Mettons-nous-y, dit Jeannot, et faisons un bon repas. Je vais manger un morceau du toit, tu pourras manger de la fenêtre, Margot, c'est

1. Mourir de faim.

sucré. » Jeannot se haussa sur la pointe des pieds et cassa un morceau de toiture pour voir quel goût elle avait, et Margot se mit à grignoter les vitres. Alors une voix douce sortit de la pièce :

Grigno, grigno, grignoton,
Qui grignote ma maison ?

Les enfants répondirent :

C'est le vent, c'est le vent,
Le céleste enfant

et ils continuèrent à manger sans se laisser décontenancer. Jeannot, qui trouvait le toit fort à son goût, en arracha un grand morceau et Margot détacha toute une vitre ronde, s'assit par terre et s'en donna à cœur joie. Tout à coup la porte s'ouvrit et une femme vieille comme le monde se glissa dehors en s'appuyant sur une béquille. Jeannot et Margot eurent une telle frayeur qu'ils laissèrent tomber ce qu'ils avaient à la main. Mais la vieille secoua la tête et dit : « Chers enfants, qui vous a conduits ici ? Entrez donc et restez chez moi, il ne vous arrivera pas de mal. » Elle les prit tous les deux par la main et les emmena dans sa maison. Là, on leur servit un bon repas, du lait et de l'omelette au sucre, des pommes et des noix. Puis on leur prépara deux jolis petits lits blancs, et Jeannot et Margot s'y couchèrent et se crurent au Paradis.

Mais la gentillesse de la vieille était feinte[1], car c'était une méchante sorcière qui guettait les petits

1. Fausse et qui vise à tromper.

enfants et n'avait bâti sa maisonnette de pain que pour les attirer. Quand il en tombait un en son pouvoir, elle le tuait, le faisait cuire, le mangeait et pour elle, c'était jour de fête. Les sorcières ont les yeux rouges et ne voient pas de loin, mais elles ont du flair comme les animaux et sentent les hommes venir. Quand Jeannot et Margot arrivèrent dans son voisinage, elle eut un rire mauvais et dit sardoniquement[1] : « Je les tiens, ils ne m'échapperont plus. » De bon matin, avant que les enfants ne fussent réveillés, elle se leva, et en les voyant reposer tous les deux si gentiment, avec leurs joues rondes et rouges, elle murmura à part soi : « Cela fera un morceau de choix. » Alors elle saisit Jeannot de sa main décharnée[2], le porta dans une petite étable, et l'enferma derrière une porte grillagée. Il eut beau crier tant qu'il pouvait, cela ne lui servit de rien. Puis elle alla auprès de Margot, la secoua pour la réveiller et cria : « Debout, paresseuse, va chercher de l'eau et fais cuire quelque chose de bon pour ton frère, il est enfermé dans l'étable et il faut qu'il engraisse. Quand il sera gras, je le mangerai. » Margot se mit à pleurer amèrement, mais en vain, force lui fut de[3] faire ce que la méchante sorcière demandait.

Alors, on prépara pour le pauvre Jeannot les meilleurs plats, mais Margot n'eut que les carapaces des écrevisses. Tous les matins, la vieille se traînait à la petite étable et criait : « Jeannot, sors tes doigts, que

1. Avec moquerie et méchanceté.
2. Très maigre.
3. Elle fut obligée de.

je sente si tu seras bientôt assez gras. » Mais Jeannot lui tendait un petit os, et la vieille, qui avait la vue trouble et ne pouvait pas le voir, croyait que c'étaient les doigts de Jeannot et s'étonnait qu'il ne voulût pas engraisser. Comme il y avait quatre semaines de passées et que Jeannot restait toujours maigre, elle fut prise d'impatience et ne voulut pas attendre davantage. « Holà, Margot, cria-t-elle à la petite fille, dépêche-toi et apporte de l'eau. Que Jeannot soit gras ou maigre, demain je le tuerai et je le ferai cuire. » Ah, comme la pauvre petite sœur se désola quand il lui fallut porter de l'eau, et comme les larmes lui coulaient le long des joues !

« Ô mon Dieu, viens-nous en aide, s'écria-t-elle, si les bêtes sauvages nous avaient dévorés dans les bois, au moins nous serions morts ensemble. — Fais-moi grâce de tes piailleries, dit la vieille, tout cela ne te servira de rien. »

Dès le petit matin, Margot dut sortir, suspendre la marmite d'eau et allumer le feu. « Nous allons d'abord faire le pain, dit la vieille, j'ai déjà chauffé le four et pétri la pâte. » Elle poussa la pauvre Margot vers le four d'où sortaient déjà les flammes. « Glisse-toi dedans, dit la sorcière, et vois s'il est à bonne température pour enfourner le pain. » Et quand Margot serait dedans, elle fermerait la porte du poêle. Margot y rôtirait puis elle la mangerait aussi. Mais la petite devina ce qu'elle avait en tête, et dit : « Je ne sais pas comment faire, comment vais-je entrer là-dedans ? — Petite oie, dit la vieille, l'ouverture est assez grande, regarde, je pourrais y passer moi-même. » Elle se mit à quatre pattes pour s'approcher du four et y fourra la tête. Alors Margot la poussa si bien qu'elle entra tout entière dans le four, puis elle ferma la porte de fer et tira le verrou. Hou ! la vieille se mit à pousser des hurlements épouvantables : mais Margot se sauva et la sorcière impie[1] brûla lamentablement.

Margot courut tout droit à Jeannot, ouvrit la porte de la petite étable et s'écria : « Jeannot, nous sommes délivrés, la vieille sorcière est morte. » Alors Jeannot bondit dehors comme un oiseau s'envole quand on lui ouvre la porte de sa cage. Quelle joie ce fut, comme ils se sautaient au cou, gambadaient de tous côtés, s'embrassaient ! Et comme ils n'avaient plus rien à craindre, ils entrèrent dans la maison de la sorcière, il y avait là dans tous les coins des coffrets pleins de perles et de pierres précieuses. « C'est encore mieux que des cailloux », dit Jeannot et il en mit dans ses poches tant qu'il voulut en entrer, et Margot dit : « Moi aussi, je veux rapporter quelque chose chez nous », et elle en mit plein son tablier. « Mais à présent il faut partir, dit Jeannot, afin de sortir de la forêt ensorcelée. » Mais quand ils eurent marché pendant quelques heures, ils arrivèrent au bord d'une grande rivière. « Nous ne pourrons pas la traverser, dit Jeannot, je ne vois ni passerelle ni pont. — Il ne passe pas non plus de bateau, dit Margot, mais voilà un canard blanc qui nage, si je le lui demande, il nous aidera à passer. » Alors elle cria :

Caneton, caneton,
C'est Jeannot et Margoton,

1. Qui offense la religion.

Pas de pont ni de passerelle,
Prends-nous sur tes blanches ailes.

Le caneton s'approcha. Jeannot monta sur son dos et dit à sa sœur de monter à côté de lui. « Non, répondit Margot, ce serait trop lourd pour le petit canard, il nous passera l'un après l'autre. » C'est ce que fit la bonne bête, et quand ils furent sur l'autre rive et qu'ils eurent marché un petit bout de temps, la forêt leur sembla de plus en plus familière et enfin ils aperçurent de loin la maison paternelle. Alors ils se mirent à courir, se précipitèrent dans la pièce et se jetèrent au cou de leur père. L'homme n'avait pas eu une seule heure de joie depuis qu'il avait abandonné ses enfants dans les bois ; quant à la femme elle était morte. Margot secoua son tablier si bien que les perles et les pierres précieuses se mirent à sauter de tous côtés, tandis que Jeannot vidait ses poches et jetait à son tour par terre poignée sur poignée. Alors tous leurs soucis prirent fin et ils vécurent ensemble dans une joie sans mélange. Mon conte est fini, là-bas trotte une petite souris, qui l'attrapera aura le droit de s'en faire un grand, grand bonnet de fourrure.

Cendrillon

Un homme riche avait une femme qui tomba malade, et quand elle sentit sa fin approcher, elle appela sa fille unique à son chevet et lui dit : « Chère enfant, reste pieuse[1] et bonne, alors le bon Dieu te viendra toujours en aide, et moi du haut du ciel je te regarderai et je veillerai sur toi. » Là-dessus elle ferma les yeux et mourut. La fillette se rendit chaque jour sur la tombe de sa mère et pleura et resta pieuse et bonne. Quand vint l'hiver, la neige mit un tapis blanc sur la tombe et quand le soleil du printemps l'eut retiré, l'homme prit une autre femme.

La femme avait amené avec elle deux filles qui étaient jolies et blanches de visage, mais laides et noires de cœur. Alors les tourments commencèrent pour la pauvre belle-fille. « Cette petite oie va-t-elle rester avec nous dans la salle ? dirent-elles, qui veut manger du pain doit le gagner ; dehors le souillon[2] ! » Elles lui enlevèrent ses belles robes, la vêtirent d'un vieux sarrau[3] gris et lui donnèrent des sabots de bois.

---

1. Pleine de respect pour la religion.
2. Jeune fille très sale.
3. Courte blouse de travail.

« Voyez un peu la fière princesse, comme elle est bien nippée[1] ! » s'écrièrent-elles en riant, et elles la conduisirent à la cuisine. Là, il lui fallut trimer[2] dur du matin au soir, se lever bien avant le jour, porter l'eau, allumer le feu, faire la cuisine et la lessive. Par-dessus le marché, les deux sœurs lui faisaient toutes les misères imaginables, se moquaient d'elle, lui renversaient pois et lentilles, de sorte qu'il lui fallait rester à la cuisine et recommencer à les trier. Le soir, quand elle était exténuée de travail, elle ne se reposait pas dans un lit, elle devait se coucher près du foyer, dans les cendres. Et comme cela lui donnait toujours un air poussiéreux et malpropre, elles l'appelaient Cendrillon.

Il advint un jour que le père voulut se rendre à la foire, alors il demanda à ses deux belles-filles ce qu'il devait leur rapporter. « De beaux habits », dit l'une. « Des perles et des pierres précieuses », dit la seconde. « Mais toi, Cendrillon, que désires-tu ? dit-il. — Père, le premier rameau qui, sur le chemin du retour, heurtera votre chapeau, cueillez-le pour moi. » Il acheta pour les deux sœurs de belles robes, des perles et des pierres précieuses et sur le chemin du retour, comme il passait à cheval à travers un buisson verdoyant, une branche de noisetier l'effleura et lui enleva son chapeau. Alors il cassa la branche et l'emporta. Rentré chez lui, il donna à ses belles-filles ce qu'elles avaient souhaité, et à Cendrillon la branche de noisetier. Cendrillon le remercia, alla sur la tombe

---

1. Habillée ; le terme est familier et moqueur.
2. Beaucoup travailler.

de sa mère et y planta la branche, et pleura si fort que ses larmes tombèrent dessus et l'arrosèrent. Or le rameau grandit et devint un bel arbre. Et trois fois par jour Cendrillon allait pleurer et prier sous son arbre, et chaque fois un petit oiseau blanc y venait et quand elle exprimait un souhait, l'oiseau faisait tomber entre ses mains ce qu'elle avait souhaité.

Or, il arriva que le roi donna une fête qui devait durer trois jours et à laquelle il invita toutes les jolies filles du pays afin que son fils pût choisir une fiancée. Quand les deux sœurs apprirent qu'elles devaient s'y montrer aussi, elles furent ravies, elles appelèrent Cendrillon et dirent : « Peigne nos cheveux, brosse nos souliers et serre bien les boucles, nous allons pour la noce au château du roi. » Cendrillon obéit, mais elle pleura parce qu'elle aurait bien voulu aller aussi au bal et elle pria sa belle-mère de le lui permettre. « Mais Cendrillon, dit-elle, tu es pleine de poussière et de saletés et tu veux aller à la noce ? Tu n'as pas de robes, pas de chaussures, et tu veux aller danser ? » Mais comme elle persistait dans ses prières, la belle-mère dit enfin : « Je t'ai versé un plat de lentilles dans les cendres, si dans deux heures tu les as triées, tu viendras avec nous. » La jeune fille sortit dans le jardin par la porte de derrière et cria : « Pigeons dociles, tourterelles, et vous tous oiseaux du ciel, venez et aidez-moi à trier

les bonnes graines dans le petit pot,
les mauvaises dans votre jabot[1]. »

1. Poche située dans la gorge des pigeons.

Alors deux colombes blanches entrèrent par la fenêtre de la cuisine, puis les petites tourterelles, enfin tous les oiseaux du ciel arrivèrent dans un frémissement d'ailes et voletèrent et se posèrent autour des cendres. Et les pigeonneaux penchèrent leurs petites têtes et commencèrent, pic, pic, pic, et les autres s'y mirent aussi, pic, pic, pic, et ramassèrent tous les bons grains dans le plat. Au bout d'une heure à peine, ils avaient déjà fini et reprenaient tous leur vol. Alors la jeune fille alla porter le plat à sa marâtre, elle était joyeuse et croyait que maintenant elle aurait le droit d'accompagner les autres à la noce. Mais elle lui dit : « Non, Cendrillon, tu n'as pas d'habits et tu ne sais pas danser : on ne ferait que se moquer de toi. » Comme Cendrillon pleurait, elle lui dit : « Si tu peux débarrasser de la cendre deux plats de lentilles en une heure, tu viendras avec nous », et elle pensait : « Jamais elle ne le pourra. » Quand elle eut répandu les deux plats dans les cendres, la jeune fille sortit dans le jardin par la porte de derrière et cria : « Pigeons dociles, petites tourterelles et vous tous, oiseaux du ciel, venez et aidez-moi à trier

les bonnes graines dans le petit pot,
les mauvaises dans votre jabot. »

Alors deux colombes blanches entrèrent par la fenêtre de la cuisine, puis les petites tourterelles, et enfin tous les oiseaux du ciel arrivèrent dans un frémissement d'ailes et voletèrent et se posèrent autour de la cendre. Et les pigeonneaux penchèrent leurs petites têtes et commencèrent, pic, pic, pic, et les autres s'y mirent aussi, pic, pic, pic, et ramassèrent tous les bons grains dans les plats. Et avant qu'une demi-heure fût passée, ils avaient déjà fini et tous reprirent leur vol. Alors la jeune fille alla porter les plats à sa marâtre, elle était joyeuse et croyait que maintenant elle pourrait l'accompagner à la noce. Mais elle dit : « Tout cela ne sert de rien : tu ne viendras pas avec nous, car tu n'as pas d'habits et tu ne sais pas danser ; tu nous ferais honte. » Puis elle lui tourna le dos et se hâta de partir avec ses deux filles orgueilleuses.

Quand il n'y eut plus personne à la maison, Cendrillon alla sur la tombe de sa mère, sous le noisetier, et s'écria :

Petit arbre, agite-toi et secoue-toi.
Jette de l'argent et de l'or sur moi.

Alors l'oiseau lui jeta une robe d'or et d'argent et des pantoufles brodées de soie et d'argent. Elle mit la robe en toute hâte et alla à la noce. Mais ses sœurs et sa marâtre ne la reconnurent pas et pensèrent que ce devait être une princesse étrangère, tant elle était belle dans sa toilette d'or. Elles ne pensaient pas du tout à Cendrillon, elles la croyaient à la maison, assise dans la crasse à chercher les lentilles parmi les cendres. Le fils du roi alla au-devant d'elle, la prit par la main et dansa avec elle. Il ne voulut danser avec personne d'autre, de sorte qu'il ne lui lâcha plus la main et quand un cavalier venait l'inviter, il lui disait : « C'est ma cavalière. »

Elle dansa jusqu'au soir, alors elle voulut rentrer chez elle. Mais le fils du roi dit : « Je vais avec toi et je t'accompagne », car il voulait voir à qui appartenait cette jolie jeune fille. Mais elle lui échappa en sautant dans le pigeonnier. Alors le fils du roi attendit le père et lui dit que la jeune fille inconnue avait sauté dans son pigeonnier. Le vieux se demanda : « Serait-ce Cendrillon ? », et ils durent lui apporter une hache et une pioche pour démolir le pigeonnier. Mais il n'y avait personne dedans. Et quand ils entrèrent dans la maison, Cendrillon était couchée dans la cendre avec ses vêtements sales, et une petite lampe à huile jetait une lueur trouble dans la cheminée : car Cendrillon avait vivement sauté du pigeonnier, par-derrière, et avait couru au noisetier. Là elle avait retiré ses beaux vêtements, les avait mis sur la tombe et l'oiseau les avait remportés, puis, vêtue de son sarrau gris, elle s'était assise près de l'âtre[1], dans la cuisine.

Le lendemain, comme la fête recommençait et que ses parents et ses sœurs étaient de nouveau partis, Cendrillon alla au noisetier et dit :

Petit arbre, agite-toi et secoue-toi,
Jette de l'or et de l'argent sur moi.

Alors l'oiseau lui jeta une robe encore plus splendide que la veille. Et quand, dans cette toilette, elle fit son apparition à la fête, chacun s'extasia sur sa beauté. Mais le fils du roi avait attendu sa venue, il la prit aussitôt par la main et ne dansa qu'avec elle.

1. Cheminée.

Quand les autres venaient l'inviter, il disait: « C'est ma cavalière. » Le soir venu, elle voulut partir, et le fils du roi la suivit pour voir dans quelle maison elle allait: mais elle lui échappa en sautant dans le jardin derrière sa maison. Il y avait là un grand et bel arbre couvert des poires les plus merveilleuses, elle grimpa entre les branches, aussi lestement[1] qu'un écureuil, et le prince ne sut pas où elle avait passé. Mais il attendit le père et lui dit: « La jeune fille inconnue m'a échappé et je crois qu'elle a sauté dans le poirier. » Le père se demanda: « Serait-ce Cendrillon ? », il envoya chercher une hache et abattit l'arbre, mais il n'y avait personne dessus. Et quand ils entrèrent dans la cuisine, Cendrillon était couchée dans la cendre, comme à l'accoutumée[2], car elle avait sauté par terre de l'autre côté de l'arbre, avait rapporté ses beaux habits à l'oiseau du noisetier et remis son sarrau gris.

Le troisième jour, quand ses parents et ses sœurs furent partis, Cendrillon retourna sur la tombe de sa mère et dit à l'arbuste:

Petit arbre, agite-toi et secoue-toi,
Jette de l'or et de l'argent sur moi.

Alors l'oiseau lui jeta une robe qui était si somptueuse et si brillante qu'elle n'en avait pas encore eu de pareille, et les pantoufles étaient tout en or. Quand elle arriva à la fête, dans cette toilette, tous furent interdits d'admiration[3]. Le fils du roi ne dansa

---

1. Avec souplesse et légèreté.
2. Comme d'habitude.
3. Rendus muets et immobiles par l'admiration.

qu'avec elle, et quand quelqu'un d'autre l'invitait, il disait : « C'est ma cavalière. »

Le soir venu, Cendrillon voulut s'en aller et le fils du roi voulut l'accompagner, mais elle lui échappa si vite qu'il ne put la suivre. Seulement, le prince avait usé de ruse et fait enduire de poix[1] tout l'escalier. Alors, comme la jeune fille descendait en sautant, sa pantoufle gauche resta engluée. Le prince la ramassa, elle était petite et mignonne et tout en or. Le lendemain il s'en vint trouver le père et lui dit : « Je ne prendrai pour épouse que celle qui pourra chausser cette chaussure d'or. » Alors les deux sœurs se réjouirent, car elles avaient de jolis pieds. L'aînée alla dans sa chambre avec la pantoufle pour l'essayer, et sa mère était là. Mais elle ne put y faire entrer son gros orteil, le soulier était trop petit pour elle, alors sa mère lui tendit un couteau et lui dit : « Coupe-toi le doigt ; quand tu seras reine, tu n'auras plus besoin d'aller à pied. » La jeune fille se coupa l'orteil, força son pied à entrer dans la chaussure et alla retrouver le prince. Alors il la prit sur son cheval comme sa fiancée et partit avec elle. Mais ils durent passer devant la tombe, les deux petites colombes du noisetier étaient là et crièrent :

Tour nou touk, tour nou touk,
Sang dans la pantouk,
Le soulier est trop petit,
La vraie fiancée est encore au logis.

1. Liquide visqueux à base de résine.

Alors le prince regarda le pied et vit que le sang en coulait. Il tourna bride[1], ramena la fausse fiancée chez elle, dit que ce n'était pas la bonne et qu'il fallait que l'autre sœur essayât le soulier. Alors celle-ci alla dans la chambre et put faire entrer ses orteils dans la chaussure, mais son talon était trop grand. Alors sa mère lui tendit un couteau et lui dit : « Coupe-toi un bout de talon. Quand tu seras reine, tu n'auras pas besoin d'aller à pied. » La jeune fille se coupa un morceau de talon, força son pied à entrer dans la chaussure, réprima sa douleur et sortit retrouver le prince. Alors il la prit sur son cheval comme sa fiancée et partit avec elle. Quand ils passèrent devant le noisetier, les petites colombes qui y étaient perchées crièrent :

Tour nou touk, tour nou touk,
Sang dans la pantouk,
Le soulier est trop petit,
La vraie fiancée est encore au logis.

Il baissa les yeux vers le pied et vit que le sang coulait de la chaussure et montait tout rouge le long des bas blancs. Alors il tourna bride et ramena la fausse fiancée chez elle. « Celle-là n'est pas non plus la bonne, dit-il, n'avez-vous pas d'autre fille ? — Non, dit l'homme, mais j'ai encore de ma défunte femme une petite bête de Cendrillon. Impossible qu'elle soit la fiancée. » Le fils du roi dit qu'il fallait l'envoyer chercher, mais la mère répondit : « Oh non, elle est

1. Rebroussa chemin.

bien trop sale, elle ne peut pas se montrer.» Mais il le voulait absolument et il fallut appeler Cendrillon. Alors elle se lava d'abord les mains et la figure, puis elle vint et s'inclina devant le fils du roi, qui lui tendit la pantoufle d'or. Ensuite elle s'assit sur un escabeau, sortit le pied de son lourd sabot et le mit dans la pantoufle qui lui allait comme un gant. Et quand elle se redressa et que le roi vit son visage, il reconnut la jolie jeune fille avec laquelle il avait dansé et s'écria : «Voilà la vraie fiancée.» La marâtre et les deux sœurs furent terrifiées et devinrent blanches de rage. Mais lui, il prit Cendrillon sur son cheval et partit avec elle. Quand ils passèrent devant le noisetier, les deux colombes blanches crièrent :

Tour nou touk, tour nou touk,
Pas de sang dans la pantouk,
Le soulier n'est pas trop petit,
C'est la vraie fiancée qu'il mène au logis.

Puis quand elles eurent crié cela, elles descendirent toutes deux et se posèrent sur les épaules de Cendrillon, l'une à droite, l'autre à gauche, et y restèrent juchées.

Au moment où l'on célébrait ses noces avec le fils du roi, ses perfides[1] sœurs vinrent la voir et voulurent s'insinuer dans ses bonnes grâces pour avoir part à sa fortune. Comme les fiancés allaient à l'église, l'aînée marchait à droite et la cadette à gauche. Alors les colombes vinrent crever un œil à chacune d'elles.

1. Traîtresses.

Ainsi, pour leur méchanceté et leur perfidie, elles furent punies de cécité[1] pour le restant de leurs jours.

---

1. État d'une personne aveugle.

Les Sept Corbeaux

Un homme avait sept fils, et toujours pas de fille, si fort qu'il le désirât ; enfin sa femme lui donna de nouveau des espérances, et, quand l'enfant vint au monde, voici que c'était une fille. La joie fut grande, mais l'enfant était chétive[1] et petite, et à cause de sa faiblesse il fallut l'ondoyer[2]. Le père envoya l'un des garçons chercher en hâte de l'eau lustrale[3] à la fontaine : les six autres le suivirent, et comme chacun voulait être le premier à puiser, ils laissèrent tomber la cruche dans le puits. Alors ils restèrent plantés là, ne sachant ce qu'ils devaient faire et aucun d'eux n'osait rentrer à la maison. Comme ils ne revenaient toujours pas, le père s'impatienta et dit : « Certainement, ils auront oublié de rentrer pour jouer, ces garçons impies[4]. » Il se prit à craindre que la petite fille mourût sans baptême, et dans sa colère il s'écria : « Je voudrais qu'ils soient tous changés en corbeaux. » Il avait à peine fini de dire ces mots qu'il entendit un

1. Faible et d'apparence malade.
2. La baptiser.
3. Eau qui sert à purifier lors du baptême.
4. Qui offensent la religion.

battement d'ailes dans les airs, au-dessus de sa tête, il leva les yeux et vit sept corbeaux noirs comme du charbon qui volaient de-ci de-là.

Les parents ne purent pas annuler l'enchantement, mais si tristes qu'ils fussent d'avoir perdu leurs sept fils, ils se consolèrent néanmoins quelque peu avec leur chère petite fille, qui reprit bientôt des forces et embellit de jour en jour. Elle ignora longtemps qu'elle avait eu des frères, car les parents se gardaient bien d'en parler, jusqu'au jour où elle entendit des gens dire par hasard que la jeune fille était belle, assurément, mais qu'en réalité elle était responsable du malheur de ses sept frères. Elle en fut tout affligée[1], elle alla trouver son père et sa mère et leur demanda s'il était vrai qu'elle avait eu des frères et ce qu'il en était advenu. Les parents ne purent pas garder plus longtemps le secret, ils dirent néanmoins que c'était là un décret du ciel et que sa naissance n'en avait été que l'occasion innocente. Mais la jeune fille éprouvait chaque jour du remords et croyait qu'elle devait délivrer ses frères. Elle n'eut ni trêve ni répit qu'elle ne se fût mise en route secrètement pour retrouver leur trace quelque part et les délivrer, quoi qu'il pût lui en coûter. Elle n'emporta rien qu'un petit anneau en souvenir de ses parents, une miche de pain pour la faim, une petite cruche d'eau pour la soif et une petite chaise pour la fatigue.

Et elle alla toujours droit devant elle, loin, loin, jusqu'au bout du monde. Alors elle arriva au soleil, mais il était trop chaud et terrible et il mangeait les petits

1. Attristée.

enfants. Elle s'enfuit en hâte et courut jusqu'à la lune, mais elle était bien trop froide et elle aussi était cruelle et méchante, et quand elle aperçut l'enfant elle dit : « Je sens la chair humaine. » Alors elle s'en fut vivement et arriva chez les étoiles, qui furent aimables et bonnes pour elle, et chacune était assise sur une petite chaise à part. Cependant l'étoile du matin se leva, lui donna un osselet et lui dit : « Sans cet osselet, tu ne pourras pas ouvrir la montagne de verre, et c'est dans la montagne de verre que se trouvent tes frères. »

La petite fille prit l'osselet, l'enveloppa soigneusement dans un petit torchon et continua sa route, tant et si bien qu'elle arriva à la montagne de glace. La porte était fermée à clé et elle voulut sortir l'osselet du torchon ; mais quand elle l'ouvrit, elle vit qu'il était vide et qu'elle avait perdu le cadeau des bonnes étoiles. Que faire maintenant ? Elle voulait sauver ses frères et n'avait plus la clé de la montagne de glace. La bonne petite sœur prit un couteau, se coupa un petit doigt, le mit dans la serrure et parvint à l'ouvrir. Quand elle fut entrée, un gnome[1] vint à sa rencontre et lui dit : « Mon enfant, que cherches-tu ? — Je cherche mes frères, les sept corbeaux », dit-elle. Le gnome répondit : « Messieurs les Corbeaux ne sont pas à la maison, mais si vous voulez attendre leur retour, entrez. » Là-dessus le gnome apporta le repas des corbeaux sur sept petites assiettes et dans sept petits gobelets, et la petite sœur mangea une miette dans chaque gobelet ; mais dans le dernier

1. Nain.

gobelet, elle laissa tomber le petit anneau qu'elle avait emporté.

Tout à coup on entendit dans les airs des battements d'ailes et des cris, le gnome dit alors : « Ce sont Messieurs les Corbeaux qui rentrent à tire-d'aile. » Alors ils vinrent, voulurent boire et manger, et cherchèrent leurs petites assiettes et leurs petits gobelets. Puis ils s'écrièrent, l'un après l'autre : « Qui a mangé dans ma petite assiette ? Qui a bu dans mon petit gobelet ? C'était une bouche humaine. » Et comme le septième vidait son gobelet, l'anneau en tomba. Alors il le regarda et voyant que c'était un anneau de son père et de sa mère, il dit : « Dieu veuille que ce soit notre petite sœur, alors nous serions délivrés. » Quand la petite fille, qui écoutait derrière la porte, entendit ce souhait, elle se montra et alors tous les corbeaux reprirent leur forme humaine. Et ils s'embrassèrent et se firent mille caresses et rentrèrent joyeusement chez eux.

La Jeune Fille sans mains

Un meunier était peu à peu tombé dans la misère et il n'avait plus rien que son moulin avec, derrière, un grand pommier. Un jour qu'il avait été chercher du bois dans la forêt, un vieil homme qu'il n'avait encore jamais vu s'approcha de lui et lui dit : « Pourquoi t'échines-tu[1] à casser du bois ? Je peux te rendre riche si tu me promets ce qui se trouve derrière ton moulin. — Qu'est-ce que cela pourrait être sinon mon pommier ? » pensa-t-il, il accepta et s'engagea par écrit. Mais l'inconnu éclata d'un rire sarcastique[2] et dit : « Dans trois ans, je viendrai chercher ce qui m'appartient » et il s'en fut. Quand le meunier rentra chez lui, sa femme vint à sa rencontre et lui dit : « Dis-moi, meunier, d'où vient cette richesse soudaine dans notre maison ? Tout d'un coup toutes les caisses et les armoires sont pleines, personne n'a rien apporté et je ne sais pas comment cela s'est produit. » Il répondit : « Cela vient d'un inconnu que j'ai rencontré dans la forêt et qui m'a promis de grands

1. Te donnes-tu beaucoup de peine.
2. Méchant et moqueur.

trésors ; en échange je me suis engagé par écrit à lui donner ce qui se trouve derrière le moulin : nous pouvons bien sacrifier pour cela notre grand pommier. — Ah mon pauvre homme, dit la femme épouvantée, c'était le diable, il ne parlait pas du pommier, mais de notre fille, qui était derrière le moulin et balayait la cour. »

La fille du meunier était belle et pieuse[1], elle vécut ces trois ans pieusement et sans péchés. Quand le temps fut révolu et que le jour vint où le diable voulut la prendre, elle se lava soigneusement et traça autour d'elle un cercle de craie. Le diable se montra de bonne heure, mais il ne put pas l'approcher. Furieux, il dit au meunier : « Ôte-lui toute eau afin qu'elle ne puisse plus se laver, sans quoi je suis sans pouvoir sur elle. » Le meunier eut peur et obéit. Le lendemain le diable revint, mais elle avait pleuré sur ses mains et elles étaient parfaitement propres. Alors une fois de plus il ne put l'approcher et dit plein de colère au meunier : « Coupe-lui les mains, sinon elle m'échappe. » Le meunier fut épouvanté et répondit : « Comment pourrais-je couper les mains de ma propre fille ! » Alors le Malin[2] le menaça et dit : « Si tu ne le fais pas, tu es à moi et c'est toi que je prendrai. » Le père prit peur et promit d'obéir. Il alla donc trouver sa fille et lui dit : « Mon enfant, si je ne te coupe pas les deux mains, le diable m'emportera, et dans ma peur je le lui ai promis. Aide-moi donc dans ma détresse et pardonne-moi le mal que je te fais. »

1. Pleine de respect pour la religion.
2. Le diable.

Elle répondit : « Cher père, faites de moi ce que vous voulez, je suis votre enfant. » Puis elle tendit ses deux mains et se les laissa couper. Le diable vint pour la troisième fois, mais elle avait tant pleuré sur ses moignons qu'ils étaient encore parfaitement propres. Alors il dut s'avouer vaincu et perdit tout droit sur elle.

Le meunier lui dit : « J'ai gagné une si grande richesse grâce à toi que je veux t'entretenir sur un grand pied ta vie durant. » Mais elle répondit : « Je ne peux pas rester ici ; je vais m'en aller ; des gens compatissants me donneront bien ce dont j'ai besoin. » Puis elle se fit attacher ses bras mutilés derrière le dos et au lever du jour, elle se mit en route et chemina jusqu'à la nuit.

Alors elle arriva à un jardin royal et elle vit au clair de lune qu'il y avait là des arbres couverts de beaux fruits ; mais elle ne put pas y entrer, car il était entouré d'eau. Et comme elle avait marché tout le jour sans manger le moindre morceau et que la faim la tourmentait, elle s'écria : « Ah, que ne suis-je dans ce jardin pour pouvoir manger un peu de fruits, autrement je vais périr d'inanition[1]. » Alors elle se mit à genoux, invoqua le Seigneur et pria. Soudain un ange apparut, il fit une écluse dans l'eau, de sorte que le fossé fut à sec et qu'elle put le traverser. À présent elle était dans le jardin et l'ange l'accompagnait. Elle vit un arbre qui portait des fruits, c'étaient de belles poires, mais elles étaient toutes comptées. Alors elle s'approcha et pour apaiser sa faim, elle en mangea une avec sa

1. Mourir de faim.

bouche, mais pas plus. Le jardinier le vit bien, mais comme l'ange était là, il eut peur et prenant la jeune fille pour un esprit, il se tut et n'osa ni crier ni lui adresser la parole. Quand elle eut mangé la poire, elle fut rassasiée et alla se cacher derrière le fourré. Le lendemain matin, le roi descendit au jardin, car il lui appartenait ; alors il compta et vit qu'il manquait une poire, il demanda au jardinier ce qu'il en était advenu, elle n'était pas tombée sous l'arbre et pourtant elle avait disparu. Alors le jardinier répondit : « La nuit dernière, un esprit est entré ici, il n'avait pas de mains et a mangé une poire avec sa bouche. » Le roi dit : « Comment l'esprit a-t-il traversé le fossé ? Où est-il allé après avoir mangé la poire ? » Le jardinier répondit : « Quelqu'un est descendu du ciel avec une robe blanche comme neige, il a fermé l'écluse et arrêté l'eau, afin que l'esprit puisse traverser le fossé. Et comme cela ne pouvait être qu'un ange, j'ai eu peur, je n'ai rien demandé et je n'ai pas appelé. Quand l'esprit eut mangé la poire, il est reparti. » Le roi dit : « S'il en est comme tu dis, cette nuit je monterai la garde avec toi. »

Quand il fit nuit, le roi vint au jardin accompagné d'un prêtre qui devait interroger l'esprit. Tous trois s'assirent sous l'arbre et restèrent aux aguets. Vers minuit, la jeune fille sortit en rampant du fourré, s'approcha de l'arbre et mangea de nouveau une poire avec sa bouche ; et à côté d'elle se tenait l'ange dans sa robe blanche. Alors le prêtre s'avança et dit : « Viens-tu de Dieu ou du monde ? Es-tu un esprit ou une créature humaine ? » Elle répondit : « Je ne suis pas un esprit, mais une pauvre créature abandonnée de tous, sauf de Dieu. » Le roi dit : « Si tu es abandonnée de tout le monde, moi je ne t'abandonnerai pas. » Il l'emmena dans son château royal, et comme elle était si belle et si pieuse, il l'aima de tout son cœur, puis il lui fit des mains d'argent et la prit pour épouse.

Un an après, le roi dut partir pour la guerre, alors il recommanda la jeune reine à sa mère et dit : « Quand viendra le moment de ses couches, gardez-la en bonne santé et soignez-la bien et écrivez-moi tout de suite une lettre. » Or elle mit au monde un beau garçon. Alors la vieille mère s'empressa d'écrire pour lui annoncer la joyeuse nouvelle. Mais le messager se reposa en route au bord d'un ruisseau, et comme sa longue marche l'avait fatigué, il s'endormit. Alors le diable, qui cherchait à nuire à la pieuse reine, vint échanger la lettre contre une autre, dans laquelle il était dit que la reine avait mis au monde un avorton[1]. Quand le roi lut cette missive[2], il fut épouvanté et s'affligea fort, pourtant il répondit qu'ils eussent à veiller sur la reine et à la bien soigner jusqu'à son retour. Le messager repartit avec la lettre, se reposa au même endroit, et de nouveau s'endormit. Alors le diable vint derechef[3], lui mit une autre lettre dans sa poche, où il était dit qu'ils devaient faire mourir la reine et son enfant. En recevant cette missive, la vieille mère fut grandement effrayée, elle ne put pas le croire et écrivit encore une fois au roi, mais elle ne

1. Enfant prématuré.
2. Lettre.
3. Une nouvelle fois.

reçut pas de réponse parce que chaque fois le diable substituait une fausse lettre à celle du messager : et dans la dernière on ajoutait qu'ils devaient garder la langue et les yeux de la reine comme preuve.

Mais la vieille reine se désola de devoir verser un sang si innocent, pendant la nuit elle envoya chercher une biche, puis elle lui coupa la langue et les yeux et les mit de côté. Ensuite elle dit à la reine : « Je ne peux pas te faire tuer comme le roi l'ordonne, mais il ne t'est pas possible de rester plus longtemps ici : va avec ton enfant dans le vaste monde et ne reviens jamais. » Elle lui attacha son enfant sur le dos et la pauvre femme s'en fut en versant des larmes. Elle arriva dans une grande forêt sauvage et là, elle se mit à genoux et pria Dieu, et l'ange du Seigneur lui apparut et la conduisit à une petite maison où il y avait une pancarte avec ces mots : « Ici tout un chacun est logé gratis. » De la maison sortit une demoiselle blanche comme neige qui dit : « Soyez la bienvenue, Madame la Reine » et la fit entrer. Alors elle détacha le petit garçon de son dos et le lui tint sur le sein pour le faire boire, puis elle le coucha dans un joli petit lit tout préparé. La pauvre femme dit alors : « D'où sais-tu que je suis reine ? » La blanche demoiselle répondit : « Je suis un ange envoyé par Dieu pour prendre soin de toi et de ton enfant. » Et elle resta sept ans dans la maison et fut bien soignée, et à cause de sa piété, ses mains coupées lui repoussèrent par la grâce de Dieu.

Enfin le roi revint de guerre, et avant toutes choses, il demanda à voir sa femme et son enfant. Alors la vieille mère se mit à pleurer et dit : « Méchant homme, ne m'as-tu pas écrit que je devais faire mourir ces deux âmes innocentes ! » et elle lui montra les deux lettres que le Malin avait falsifiées[1] et ajouta : « J'ai fait comme tu l'as ordonné » et elle lui fit voir la langue et les yeux comme preuves. Le roi se mit à pleurer plus amèrement encore à cause de sa pauvre femme et de son petit garçon, en sorte que la vieille mère eut pitié de lui et lui dit : « Sois content, elle vit encore. J'ai fait abattre une biche en secret et c'est elle qui m'a fourni les preuves, quant à ta femme, je lui ai attaché son enfant sur le dos en lui disant d'aller dans le vaste monde, puis je lui ai fait promettre de ne jamais revenir, vu que tu étais si fort en colère contre elle. » Alors le roi dit : « Je vais aller aussi loin que s'étend l'azur, sans boire ni manger, jusqu'à ce que je retrouve ma chère femme et mon enfant, s'ils n'ont pas succombé ou ne sont pas morts de faim entre-temps. »

Là-dessus le roi parcourut le monde pendant sept ans, et il les chercha dans toutes les fentes de rocher et dans les cavernes, mais il ne les trouva pas et pensa qu'ils avaient péri. Il ne mangea ni ne but pendant tout ce temps, mais Dieu le maintint en vie. Enfin il arriva dans une grande forêt et il y vit la petite maison où il y avait la pancarte avec les mots : « Ici tout un chacun est logé gratis. » Alors la blanche demoiselle sortit et dit : « Soyez le bienvenu, Sire le Roi » et lui demanda d'où il venait. Il répondit : « Il y a bientôt sept ans que je suis parti à la recherche de ma femme et de mon enfant, mais je ne suis pas parvenu à les

1. Avait changées dans le but de tromper.

trouver. » L'ange lui offrit à boire et à manger, mais il ne le prit pas, il accepta seulement de se reposer un peu. Alors il s'étendit pour dormir et mit un mouchoir sur son visage.

Là-dessus l'ange alla dans la chambre où la reine se trouvait avec son enfant, qu'elle appelait ordinairement Affligé[1], et il lui dit : « Sors avec ton enfant, ton époux est arrivé. » Elle alla donc à l'endroit où il était étendu, et le mouchoir lui tomba du visage. Elle dit alors : « Affligé, ramasse le mouchoir de ton père et recouvre-lui le visage. » L'enfant le ramassa et le posa de nouveau sur son visage. Le roi entendit cela dans son demi-sommeil et, à dessein, il fit tomber de nouveau le mouchoir. Alors le petit garçon s'impatienta et dit : « Chère mère, comment puis-je couvrir le visage de mon père puisque je n'ai pas de père au monde ? J'ai appris à prier : notre père qui êtes aux cieux ; et alors tu m'as dit que mon père était au ciel et que c'était le bon Dieu : comment connaîtrais-je un homme aussi turbulent ? Celui-là n'est pas mon père. » Quand le roi entendit cela, il se dressa sur son séant et lui demanda qui elle était. Alors elle dit : « Je suis ta femme, et voici ton fils Affligé. » Et il vit ses mains vivantes et dit : « Ma femme avait des mains d'argent. » Elle répondit : « Mes mains naturelles ont repoussé grâce à Dieu », et l'ange alla chercher les mains d'argent dans la chambre pour les lui montrer. Alors seulement il eut la certitude que c'étaient bien sa chère femme et son cher enfant, et il les embrassa et fut heureux et dit : « Cela me soulage d'un grand

1. Attristé.

poids. » Alors l'ange leur fit prendre encore un repas ensemble, puis ils rentrèrent à la maison auprès de sa vieille mère. Il y eut partout grande liesse[1], le roi et la reine célébrèrent une seconde fois leurs noces et vécurent dans la joie jusqu'à leur bienheureuse mort.

1. Joie.

Conte du genévrier

Il y a bien longtemps de cela, deux mille ans peut-être, il y avait un homme riche qui avait une belle, pieuse[1] femme et tous deux s'aimaient fort, mais ils n'avaient pas d'enfants, or ils désiraient en avoir et la femme pour cela priait jour et nuit, mais ils n'en avaient et n'en avaient pas. Devant leur maison était un courtil[2] où poussait un genévrier sous lequel un jour d'hiver la femme étant assise pelait une pomme quand elle se coupa à un doigt et le sang tomba dans la neige. « Ah ! » dit la femme, elle se leva et vit le sang devant elle et devint très dolente[3] : « Si j'avais un enfant rouge comme le sang et blanc comme la neige ! » Et quand elle eut dit ceci, elle se sentit toute joyeuse ; il lui sembla que cela devait réussir. Alors elle rentra dans la maison et un mois passa, et la neige fondit ; et deux mois, tout devint vert ; et trois mois, les fleurs sortirent de terre ; et quatre mois, tous les arbres se mirent à pousser de jeunes bois et

1. Pleine de respect pour la religion.
2. Petite cour.
3. Malheureuse.

les rameaux verts croissaient pêle-mêle ; les petits oiseaux chantaient, toute la forêt en était retentissante, et les fleurs tombaient des arbres ; le cinquième mois était passé et elle se trouvait sous le genévrier, il sentait si bon que le cœur lui bondissait de joie et elle tomba à genoux et ne put se lever ; et quand le sixième mois fut passé, les fruits devinrent gros et forts, alors elle devint très calme ; et le septième mois, elle cueillit des baies de genévrier et les mangea, alors elle fut triste et malade ; alors passa le huitième mois et elle appela son mari et tout en pleurant lui dit : « Si je mourais, enterre-moi sous le genévrier. » Alors elle fut toute consolée et se réjouit jusqu'à ce que fût le neuvième mois, alors elle eut un enfant blanc comme la neige et rouge comme le sang et à cette vue elle se réjouit tant qu'elle mourut.

Alors son mari l'enterra sous le genévrier et se mit à pleurer très fort ; au bout de quelque temps, il se sentit moins chagrin, et comme il pleurait encore un peu, il cessa de le faire et encore un temps, il reprit femme.

Avec la seconde femme, il eut une fille, mais l'enfant de la première femme était un petit garçon qui était rouge comme le sang et blanc comme la neige. Quand la femme regardait sa fille, elle l'aimait tant, mais quand elle regardait le petit garçon, elle en avait gros sur le cœur et il lui semblait qu'il était partout sur son chemin et elle pensait toujours comment elle donnerait à sa fille le meilleur, et le père le donnait à lui, si bien qu'elle faisait grise mine[1] au petit garçon et

1. Accueillait froidement le garçon.

l'envoyait d'un coin à l'autre avec des bourrades et des rebuffades[1] si bien que le pauvre enfant avait toujours peur. Quand il revenait de l'école, il n'avait pas de tranquillité.

Un jour la femme était montée dans la réserve, quand la petite fille y monte aussi et dit : « Mère, donne-moi une pomme. — Oui, mon enfant », dit la femme, et elle lui donna une belle grosse pomme tirée du coffre ; mais le coffre avait un grand lourd couvercle avec une forte serrure coupante. « Mère, dit la petite fille, mon frère peut-il en avoir une aussi ? » Cela contraria la femme qui dit : « Oui, quand il reviendra de l'école. » Et quand par la fenêtre elle vit qu'il arrivait, ce fut comme si le Diable la prenait et elle reprit la pomme à sa fille et dit : « Tu n'en auras pas une avant ton frère. » Elle rejeta la pomme dans le coffre qu'elle referma. Quand le petit garçon parut à la porte, la méchante fit semblant de lui dire gentiment : « Mon fils, veux-tu avoir une pomme ? » et lui jeta un regard sombre. « Mère, dit le petit garçon, comme vous avez l'air furieux ! Oui, donnez-moi une pomme. » Il lui sembla qu'elle devait accepter. « Viens avec moi », dit-elle en ouvrant le couvercle : « Prends une pomme. » Et comme le petit garçon se penchait à l'intérieur, le Malin[2] la conseilla. Crac ! Elle rabattit le couvercle si bien que la tête roula parmi les pommes. Elle fut prise de peur et pensa : « Comment me décharger de cela ? » Alors elle alla dans sa chambre, prit au tiroir de sa commode un linge blanc qu'elle mit autour du cou avec la tête remise par-

1. Des coups de poing et des paroles désagréables.
2. Le Diable.

dessus et noua le linge de telle sorte qu'on ne pouvait rien voir, et elle plaça l'enfant devant la porte et lui mit une pomme dans la main.

Quand Marleenken vint voir sa mère dans la cuisine, elle était devant le feu et avait devant elle un pot d'eau chaude qu'elle remuait sans arrêt : « Mère, dit Marleenken, mon frère est assis devant la porte, il est tout pâle ; et il avait une pomme dans la main ; je lui ai demandé de me donner la pomme, mais il ne m'a pas répondu ; c'était affreux. — Retourne voir, dit la mère, et s'il ne veut pas te répondre, donne-lui un coup sur l'oreille. »

Alors Marleenken alla et dit : « Frère, donne-moi la pomme. » Mais il gardait le silence ; alors elle lui donna un coup sur l'oreille ; alors la tête tomba par terre, ce dont elle prit peur et se mit à pleurer et gémir, et elle courut à sa mère et dit : « Ah ! mère, j'ai coupé la tête de mon frère » et elle pleurait, pleurait et ne pouvait se contenir. « Marleenken, dit la mère, qu'as-tu fait ? Mais ne souffle mot que personne ne s'en aperçoive, il n'y a plus rien à faire, nous le ferons cuire en potée[1]. » Alors la mère prit le petit garçon et le coupa en morceaux, les mit à la marmite et les fit cuire en ragoût. Mais Marleenken était à côté et n'arrêtait pas de pleurer et les larmes tombaient dans la marmite et elles n'eurent pas besoin de saler.

Alors vint à la maison le père qui se mit à table et dit : « Où donc est mon fils ? » Et la mère apporta une grande écuelle de brouet noir[2], et Marleenken pleu-

1. Plat de viande et de légumes variés.
2. Bouillon simple et grossier.

rait sans pouvoir se retenir. Alors le père reprit: « Où est donc mon fils ? — Ah ! dit la mère, il est parti outre-pays[1] y voir sa grand-mère et son grand-oncle ; il pense y rester quelque temps. — Que va-t-il faire là-bas ? Et il ne m'a pas même dit adieu ! — Oh ! il avait bien envie de partir et m'a demandé d'y rester six semaines ; sûr qu'il y est allé. — Ah ! dit le mari, ce qui me rend triste, c'est qu'il aurait dû me dire adieu. » Là-dessus il se mit à manger et dit : « Marleenken, pourquoi pleures-tu ? Ton frère reviendra sûrement. — Ah, femme, lui dit-il, ce mets[2] est fameux. Donne-m'en encore ! »

Et plus il mangeait, plus il en voulait et dit : « Donne-m'en davantage, n'en retire pas, c'est comme si c'était tout à moi. » Et de manger et de manger, et il jetait les os sous la table. Mais Marleenken alla à la commode et du fond du tiroir du bas elle tira une pièce du meilleur tissu de soie et ramassa tous les os et cartilages qui étaient sous la table et les noua dans le drap de soie et les porta devant la porte et pleura des larmes de sang. Là, elle se coucha sous le genévrier dans l'herbe verte et quand elle s'y fut couchée, elle vit comme une grande lumière et ne pleura plus. Alors le genévrier se mit à remuer et les branches se séparaient et se réunissaient ensuite tout comme un qui se réjouit fort et bat des mains. Et un brouillard descendit de l'arbre ; et en plein brouillard brûlait un feu ; et hors du feu s'envola un bel oiseau qui chantait magnifiquement et s'éleva dans l'air ; et quand il fut

1. Au-delà des frontières de son pays.
2. Cet aliment.

parti, le genévrier était tout comme auparavant, et le carré de tissu contenant les ossements avait disparu. Mais Marleenken était toute claire et gaie tout comme si son frère vivait encore. Alors, pleine d'entrain, elle rentra se mettre à table et mangea.

Mais l'oiseau alla se percher sur la maison d'un orfèvre et se mit à chanter :

Ma mère qui m'a tué,
Mon père qui m'a mangé,
Ma sœur la Marleenken
Tous mes os a ramassés,
A mis dans un carré de soie,
Mis sous le genévrier.
Kywitt ! Kywitt ! Oiseau joli que je suis !

L'orfèvre était dans son atelier en train de faire une chaîne d'or quand il entendit l'oiseau qui chantait perché sur son toit, et cela lui sembla beau. Il se leva et comme il passait le seuil, il perdit un chausson et une chaussette ; il avait son tablier de cuir devant lui ; d'une main il levait la chaîne d'or et de l'autre une pince ; et le soleil brillait dans la rue. Là il s'arrêta et regarda l'oiseau. « Oiseau, lui dit-il, comme tu sais bien chanter ! Chante-moi ce morceau encore une fois. — Non, dit l'oiseau, je ne chante pas deux fois pour rien. Donne-moi la chaîne d'or, je veux bien chanter encore une fois. — Voilà la chaîne d'or, dit l'orfèvre, maintenant chante encore une fois. »

Alors l'oiseau vint à lui et prit la chaîne d'or dans sa patte droite, se percha devant l'orfèvre et chanta :

Ma mère qui m'a tué,
Mon père qui m'a mangé,
Ma sœur la Marleenken
Tous mes os a ramassés,
A mis dans un carré de soie,
Mis sous le genévrier.
Kywitt ! Kywitt ! Oiseau joli que je suis !

Alors l'oiseau alla chez un cordonnier, se posa sur le toit et chanta :

Ma mère qui m'a tué,
Mon père qui m'a mangé,
Ma sœur la Marleenken
Tous mes os a ramassés,
A mis dans un carré de soie,
Mis sous le genévrier.
Kywitt ! Kywitt ! Oiseau joli que je suis !

Le cordonnier entendit cela et vint en manches de chemise devant sa porte et regarda le toit, et il dut tenir sa main devant ses yeux pour n'être pas ébloui par le soleil. « Oiseau, dit-il, ce que tu chantes bien. » Alors il appela sa femme par la porte : « Femme, viens dehors, regarde l'oiseau qui chante si bien ! » Il appela sa fille et ses enfants et ses compagnons, garçons et servantes et tous vinrent dans la rue et regardèrent l'oiseau qui était si beau ; il avait des plumes rouges et vertes autour du cou comme de l'or pur et ses yeux brillaient dans sa tête comme des astres. « Oiseau, dit le cordonnier, chante-moi donc ton air encore une fois. — Non, dit l'oiseau, je ne chante pas deux fois pour rien ; il faut que tu me donnes quelque chose. — Femme, dit l'homme, va dans la réserve ; sur la planche du haut, il y a une paire de chaussures rouges, apporte-les. »

La femme alla chercher les chaussures. « Maintenant, oiseau, dit l'homme, chante-moi encore une fois ton morceau. » Alors l'oiseau vint, prit les chaussures dans sa patte gauche et s'envola sur le toit où il chanta :

Ma mère qui m'a tué,
Mon père qui m'a mangé,
Ma sœur la Marleenken
Tous mes os a ramassés,
A mis dans un carré de soie,
Mis sous le genévrier.
Kywitt ! Kywitt ! Oiseau joli que je suis !

Et quand il eut chanté il s'envola ; il avait la chaîne dans la patte droite et les chaussures dans la gauche et il vola jusqu'à un moulin et le moulin tournait klipp klapp klipp klapp. Et dans le moulin étaient vingt compagnons qui taillaient une pierre et qui tapaient hick, hack, hick, hack, hick, hack et le moulin allait klipp, klapp, klipp, klapp. L'oiseau se posa sous un tilleul qui était devant le moulin et chanta :

Ma mère qui m'a tué

L'un d'eux dressa l'oreille :

Mon père qui m'a mangé

Deux autres dressèrent l'oreille et entendirent ceci :

Ma sœur la Marleenken

Alors quatre dressèrent l'oreille :

Tous mes os a ramassés,
A mis dans un carré de soie

Ils n'étaient plus que huit à tailler la pierre :

Mis…

Plus que cinq :

… sous le genévrier.

Plus qu'un seul :

Kywitt ! Kywitt ! Oiseau joli que je suis !

Alors le dernier leva un œil et entendit aussi. « Oiseau, dit-il, que tu chantes bien ! fais-moi encore entendre, chante encore une fois. — Non, dit l'oiseau, je ne chante pas deux fois pour rien, donne-moi la meule, et je chanterai encore une fois. — Oui, dit-il, si tout ici m'appartenait à moi seul, tu l'aurais. — Oui, dirent les autres, s'il chante encore une fois, il l'aura. »

Alors l'oiseau descendit, et le meunier avec les vingt autres souleva la meule uhup, uhup, uhup ! Alors l'oiseau passa la tête par le trou de la meule en guise de collerette, s'envola, se percha sur l'arbre et chanta :

Ma mère qui m'a tué,
Mon père qui m'a mangé,
Ma sœur la Marleenken
Tous mes os a ramassés,
A mis dans un carré de soie,
Mis sous le genévrier.
Kywitt ! Kywitt ! Oiseau joli que je suis !

Et quand il eut fini de chanter, il déploya ses ailes, et il tenait dans la serre de droite la chaîne et dans la gauche les chaussures et portait autour du cou la meule, et il s'envola vers la maison de son père.

Dans la chambre à feu[1], le père, la mère et Marleenken étaient à table, et le père disait : « Ah ! je ne sais ce qui m'arrive, je suis de si bonne humeur. — Bah ! dit la mère, moi j'ai peur tout comme s'il arrivait un gros orage. »

Mais Marleenken n'arrêtait pas de pleurer ; quand l'oiseau arrivé à tire-d'aile se pose sur le toit : « Ah ! dit le père, je suis d'humeur gaie, et le soleil brille d'un si bel éclat ; on dirait, ma foi, que je vais revoir une vieille connaissance. — Non, dit la femme, j'ai si peur, j'en claque des dents et c'est comme si j'avais du feu dans les veines. »

Et elle releva son collet encore plus, et Marleenken assise dans un coin avait un mouchoir sur les yeux et le trempait de larmes. Alors l'oiseau se posa sur le genévrier et chanta :

Ma mère qui m'a tué

1. Pièce de la maison où se trouve la cheminée.

Alors la mère se boucha les oreilles et pinça les yeux car elle ne voulait voir ni entendre, mais cela lui grondait dans les oreilles comme une tempête énorme, et les yeux lui brûlaient comme si claquaient des éclairs.

Mon père qui m'a mangé

« Ah, maman, dit l'homme, il y a là un bel oiseau qui chante si bien, le soleil luit si chaud, et ça sent tout comme la cinnamome[1]. »

Ma sœur la Marleenken

Alors Marleenken leva la tête de sur ses genoux et cessa soudain de pleurer, mais l'homme dit : « Je sors, il faut que je voie l'oiseau de près. — Ah ! n'y va pas ! dit la femme, il me semble que toute la maison tremble et est en flammes. »

Mais l'homme sortit et regarda l'oiseau.

Tous mes os a ramassés,
A mis dans un carré de soie,
Mis sous le genévrier.
Kywitt ! Kywitt ! Oiseau joli que je suis !

En même temps, l'oiseau laissa tomber la chaîne d'or, et elle tomba juste sur le cou de l'homme en en faisant le tour, et elle allait très bien. Alors il rentra et dit : « Vois ! Quel bel oiseau c'est, il m'a donné une si belle chaîne et il est si beau à voir. » Mais la femme

1. Aromate très odorant.

avait grand-peur, elle tomba de tout son long dans la chambre à feu et son bonnet lui tomba de la tête. Alors l'oiseau reprit son chant :

Ma mère m'a tué

« Ah ! Si je pouvais être cent toises[1] sous terre afin de ne pas entendre ! »

Mon père m'a mangé

Alors la femme tomba comme morte par terre.

Ma sœur la Marleenken

« Ah ! dit Marleenken, je vais aussi sortir et voir si l'oiseau me donne quelque chose. »

Alors elle sortit :

Tous mes os a ramassés,
A mis dans un carré de soie

Alors il lui lança les chaussures :

Mis sous le genévrier.
Kywitt, Kywitt, oiseau joli que je suis !

Alors elle se sentit légère et gaie. Elle enfila les nouvelles chaussures rouges et se mit à danser et sauter. « Ah, dit-elle, j'étais si triste quand je suis sor-

1. Mesure de longueur ; cent toises égalent environ deux cents mètres.

tie, et maintenant je suis si heureuse ; c'est un oiseau généreux et il m'a donné une paire de chaussures rouges. — Non, dit la femme en se relevant d'un bond et ses cheveux se hérissaient comme des flammes, il me semble que le monde va périr ; je veux aussi sortir pour y voir plus clair. »

Et comme elle passait sous la porte, crac ! l'oiseau lui lança la meule sur la tête si bien qu'elle fut écrabouillée. Le père et Marleenken entendirent le bruit et sortirent ; fumée et flamme et feu montaient sur la place et quand cela fut passé, le petit frère se tenait devant eux et il prit par la main son père et Marleenken et ils étaient tous trois bien contents et rentrèrent dans la maison pour se mettre à table et manger.

Peau-de-Mille-Bêtes

Il était une fois un roi qui avait une femme aux cheveux d'or, et elle était si belle qu'on n'aurait pas trouvé sa pareille sur terre. Il advint qu'elle tomba malade, et quand elle se sentit près de mourir, elle appela le roi et lui dit : « Si tu veux te remarier après ma mort, ne prends pas une femme qui ne serait pas aussi belle que moi et n'aurait pas mes cheveux d'or ; il faut me le promettre. » Quand le roi le lui eut promis, elle ferma les yeux et mourut.

Le roi fut longtemps inconsolable et ne songeait pas à prendre une seconde femme. Enfin ses conseillers se dirent : « Impossible de faire autrement, il faut que le roi se remarie, afin que nous ayons une reine. » Alors on envoya des messagers à la ronde chercher une fiancée qui égalât tout à fait en beauté la défunte reine. Mais on n'en put trouver dans le monde entier, et quand on l'aurait trouvée, il n'en existait pas qui eût de pareils cheveux d'or. Les messagers rentrèrent donc chez eux sans avoir rien fait.

Or le roi avait une fille qui était aussi belle que sa défunte mère et qui avait ses cheveux d'or. Quand elle fut grande, le roi un jour la regarda et vit qu'elle était en tous points semblable à sa défunte épouse, et soudain il éprouva pour elle un violent amour. Alors il dit à ses conseillers : « Je veux épouser ma fille, car elle est tout le portrait de ma défunte femme, et ainsi j'aurai trouvé une fiancée qui lui ressemble. » En entendant cela, les conseillers prirent peur et dirent : « Dieu a interdit que le père épouse sa fille, il ne peut rien sortir de bon de ce péché et tout le royaume sera entraîné à sa perte. » La fille fut encore plus effrayée en apprenant la décision de son père, mais elle espérait encore le détourner de son dessein. Alors elle lui dit : « Avant que j'accède à votre désir, il me faut avoir trois robes, une dorée comme le soleil, une argentée comme la lune, et une brillante comme les étoiles : en outre j'exige un manteau fait de mille peaux et de mille fourrures, pour lequel chaque animal de votre royaume devra donner un morceau de sa peau. » Or elle pensait : « Se procurer cela est tout à fait impossible, et ainsi, je détourne mon père de ses mauvaises pensées. » Mais le roi n'abandonna pas la partie, et les plus habiles jeunes filles de son royaume durent tisser les trois robes, une dorée comme le soleil, une argentée comme la lune, une brillante comme les étoiles ; et ses chasseurs durent s'emparer de toutes les bêtes du royaume pour leur enlever un morceau de peau ; on en fit un manteau composé de mille fourrures. Enfin, quand tout fut fini, le roi envoya chercher le manteau, l'étendit devant elle et dit : « Demain sera le jour des noces. »

Quand la princesse vit qu'il n'y avait plus d'espoir de changer le cœur de son père, elle résolut de fuir.

La nuit, tandis que tout dormait, elle prit dans son trésor trois choses précieuses, un anneau d'or, un petit rouet[1] d'or et un petit dévidoir[2] d'or ; elle mit dans une coquille de noix les trois robes de soleil, de lune et d'étoiles, revêtit le manteau de mille fourrures et se noircit le visage et les mains avec de la suie. Puis elle se recommanda à Dieu et se mit en route et marcha toute la nuit, jusqu'à ce qu'elle arrivât à une grande forêt. Et comme elle était fatiguée, elle se jucha[3] dans le creux d'un arbre et s'endormit.

Le soleil se leva et elle dormait encore, et elle dormait encore qu'il faisait déjà grand jour. Il advint que le roi à qui appartenait cette forêt était à la chasse. Quand ses chiens s'approchèrent de l'arbre, ils le flairèrent et se mirent à courir de tous côtés en aboyant. Le roi dit aux chasseurs : « Allez donc voir quel est le gibier qui s'est caché là. » Les chasseurs obéirent et quand ils revinrent, ils dirent : « Il y a dans le creux de l'arbre un étrange animal : sa peau est faite de mille pelages, mais il est couché et dort. » Le roi dit : « Voyez à le prendre vivant, puis attachez-le sur la voiture et emmenez-le. » Quand les chasseurs voulurent se saisir de la jeune fille, elle se réveilla pleine de frayeur et s'écria : « Je suis une pauvre fille, abandonnée de son père et de sa mère, ayez pitié et emmenez-moi. » Alors ils dirent : « Peau-de-Mille-Bêtes, tu feras l'affaire à la cuisine, viens donc, tu pourras balayer les cendres. » Alors ils la mirent sur

1. Petite roue d'une machine à filer.
2. Instrument qui sert à mettre le fil en écheveau.
3. Grimpa.

la voiture et la conduisirent au château royal. Là, ils lui montrèrent un réduit[1] sous l'escalier où la lumière du jour ne pénétrait pas et ils lui dirent : « Petite Peau-de-Mille-Bêtes, tu pourras loger là et y dormir. » Ensuite on l'envoya à la cuisine, où elle porta le bois et l'eau, tisonna le feu[2], pluma la volaille, éplucha les légumes, tria les cendres et fit tout le dur travail.

Peau-de-Mille-Bêtes vécut là longtemps dans une bien grande misère. Ah, belle princesse, qu'adviendra-t-il encore de toi ? Cependant, il arriva un jour qu'on donna une grande fête au château, et elle dit au cuisinier : « Puis-je monter un peu regarder ? Je me mettrai dehors devant la porte. » Le cuisinier répondit : « Oui, vas-y donc, mais sois rentrée dans une demi-heure pour vider les cendres. » Alors elle prit sa petite lampe à huile, alla dans son réduit, ôta sa pelisse[3] et lava la suie de son visage et ses mains, de sorte que sa beauté parut de nouveau dans tout son éclat. Puis elle ouvrit la noix et prit la robe qui brillait comme le soleil. Et quand ce fut fait, elle monta à la fête, et tout le monde s'écarta sur son passage, car personne ne la connaissait et on ne doutait pas que ce fût une princesse. Or le roi vint à sa rencontre, lui tendit la main et tout en dansant avec elle, il pensa en son cœur : « Mes yeux n'ont jamais vu de plus belle femme. » Quand la danse fut finie, elle fit une révérence, et le roi ayant tourné la tête, elle disparut et

1. Petit débarras.
2. Remua la braise dans le feu.
3. Manteau de fourrure.

personne ne sut où elle s'en était allée. On appela les gardes qui étaient devant le château et on les interrogea, mais personne ne l'avait aperçue.

Quant à elle, courant à son réduit, elle avait vivement ôté sa robe, puis s'étant noirci le visage et les mains, elle avait remis sa pelisse et était redevenue Peau-de-Mille-Bêtes. Quand elle rentra dans la cuisine pour faire son travail et balayer les cendres, le cuisinier lui dit : « Laisse cela jusqu'à demain, et fais-moi la soupe pour le roi, j'aimerais bien aller aussi jeter un coup d'œil en haut : mais ne laisse pas tomber de cheveux dans la soupe, sinon je ne te donnerai plus rien à manger à l'avenir. » Puis il partit et Peau-de-Mille-Bêtes prépara la soupe du roi et fit une panade[1] aussi bonne qu'elle le put, et quand elle eut fini, elle alla au réduit chercher son anneau d'or et le posa dans le plat où la soupe était versée. Quand la danse fut finie, le roi se fit apporter la soupe et la mangea, et elle lui parut si bonne qu'il crut n'en avoir jamais mangé de meilleure. Mais comme il arrivait au fond, il y avait un anneau d'or et il ne put comprendre comment il était venu là. Alors il ordonna de faire venir le cuisinier. En entendant l'ordre, le cuisinier prit peur et dit à Peau-de-Mille-Bêtes : « Sûrement tu as laissé tomber un cheveu dans la soupe ; si c'est vrai tu seras battue. » Quand il fut devant le roi, celui-ci lui demanda qui avait fait la soupe. Le cuisinier répondit : « C'est moi. » Mais le roi dit : « Ce n'est pas vrai, car elle était faite autrement, et bien mieux que d'habitude. » Il répondit : « J'avoue que ce n'est pas moi

1. Soupe à base de pain.

qui l'ai faite, mais la petite Peau-de-Mille-Bêtes. » Le roi dit : « Va la chercher. »

Quand Peau-de-Mille-Bêtes fut devant lui, le roi lui demanda : « Qui es-tu ? — Je suis une pauvre fille qui n'a plus ni père ni mère. » Il demanda : « Que fais-tu dans mon château ? » Elle répondit : « Je ne suis bonne à rien, qu'à recevoir les bottes qu'on me jette à la figure. » Il demanda encore : « D'où as-tu l'anneau qui était dans la soupe ? » Elle répondit : « Je ne sais rien de cet anneau. » Ainsi le roi ne put rien apprendre et dut la renvoyer.

Quelque temps après, il y eut de nouveau une fête, et Peau-de-Mille-Bêtes demanda comme auparavant au cuisinier la permission d'aller regarder. Il répondit : « Oui, mais reviens dans une demi-heure et prépare au roi la panade qu'il aime tant. » Alors elle courut à son réduit et sortit de la noix la robe qui était argentée comme la lune, puis elle la mit. Ensuite elle monta et elle avait l'air d'une princesse ; et le roi vint à sa rencontre et se réjouit de la revoir, et comme justement le bal s'ouvrait, ils dansèrent ensemble. Mais quand la danse fut finie, elle disparut de nouveau, si rapidement que le roi ne put pas voir où elle allait. Quant à elle, elle courut à son réduit et, étant redevenue Peau-de-Mille-Bêtes, elle alla à la cuisine faire la soupe du roi. Quand le cuisinier fut monté, elle alla chercher le petit rouet d'or et le mit dans le plat où la soupe était servie. Puis on la porta au roi qui la mangea et la trouva aussi bonne que la première fois, et fit venir le cuisinier qui dut avouer cette fois encore que Peau-de-Mille-Bêtes avait fait la soupe. Alors Peau-de-Mille-Bêtes revint devant le roi, mais elle répondit qu'elle était juste bonne à recevoir les bottes qu'on lui jetait à la figure et qu'elle ignorait tout du petit rouet d'or.

Quand le roi donna une troisième fête, il n'en alla pas autrement que les autres fois. Pourtant le cuisinier lui dit : « Tu es une sorcière, petite Peau-de-Mille-Bêtes, il faut que tu mettes toujours quelque chose dans la soupe pour qu'elle soit si bonne et que le roi la trouve meilleure que la mienne », mais elle le supplia tellement qu'il la laissa monter pour un court moment. Alors elle mit sa robe qui scintillait comme les étoiles et entra dans la salle ainsi vêtue. Le roi dansa encore avec la belle jeune fille et pensa que jamais encore elle n'avait été aussi belle. Et tout en dansant, il lui mit un anneau d'or au doigt sans qu'elle s'en aperçût, et il avait ordonné que la danse durât très longtemps. À la fin, il voulut lui prendre les mains, mais elle se dégagea et s'échappa d'un bond si vif qu'elle se perdit parmi les gens et disparut à ses yeux. Elle courut aussi vite qu'elle put jusqu'à son réduit sous l'escalier ; mais comme elle était restée trop longtemps et que la demi-heure était passée, elle ne put pas retirer sa belle robe, elle eut juste le temps de jeter sa pelisse de fourrure par-dessus, et dans sa hâte, elle ne se mit pas non plus de la suie partout, et un de ses doigts resta blanc. Puis Peau-de-Mille-Bêtes courut à la cuisine, prépara la soupe du roi et, dès que le cuisinier fut parti, y mit le dévidoir d'or. En trouvant le dévidoir au font du plat, le roi fit appeler Peau-de-Mille-Bêtes, alors il aperçut son doigt blanc et vit l'anneau qu'il lui avait mis au bal. Il la saisit par la main et la retint, et comme elle voulait se dégager et s'enfuir, sa pelisse s'entrouvrit et la robe étoilée scintilla dessous. Le roi saisit la pelisse et l'arracha. Alors ses cheveux d'or furent découverts et elle apparut dans toute sa splendeur et ne put pas continuer à se cacher. Et quand elle eut nettoyé la suie et la cendre de son visage, elle était plus belle que personne ne le fut jamais sur terre. Cependant le roi lui dit : « Tu es ma chère fiancée et nous ne nous séparerons plus jamais. » Ensuite on célébra les noces et ils vécurent heureux jusqu'à la fin de leurs jours.

La Gardeuse d'oies

Il était une fois une vieille reine, son époux était mort depuis longtemps et sa fille était très belle. Quand elle fut grande, on la fiança au prince d'un pays lointain. Une fois venu le temps des épousailles, comme la jeune fille devait partir pour le royaume étranger, la vieille mit dans sa malle beaucoup de vaisselle précieuse et de parures, d'or et d'argent, de coupes et de joyaux, bref tout ce qui fait partie d'une dot[1] royale, car elle chérissait son enfant de tout son cœur. Elle lui donna aussi une caméristé[2] qui devait l'accompagner à cheval et la remettre entre les mains de son fiancé, et chacune d'elles reçut une monture. Or, le cheval de la princesse s'appelait Falada et savait parler. Quand vint l'heure des adieux, la vieille mère monta dans sa chambre à coucher, prit un canif et se coupa les doigts si fort qu'ils se mirent à saigner : puis elle mit dessous un chiffon blanc et y laissa tomber trois gouttes de sang, après quoi elle le donna à sa fille en

1. Richesses qu'une femme apporte en se mariant.
2. Servante.

disant : « Ma chère enfant, conserve-les bien, tu en auras besoin en route. »

Alors elles se firent tristement leurs adieux : la princesse cacha le chiffon dans son corsage, monta sur son cheval et s'en alla rejoindre son fiancé. Quand elles eurent chevauché une heure, elle ressentit une soif dévorante et dit à sa camériste : « Descends et va puiser de l'eau dans ce ruisseau avec la coupe que tu as emportée pour moi, j'ai grande envie de boire. — Si vous avez soif, dit la camériste, descendez vous-même, mettez-vous au bord de l'eau et buvez, je ne veux pas être votre servante. » La princesse avait tellement soif qu'elle descendit de cheval, se pencha sur le ruisseau et but, et elle ne put pas se servir de la coupe d'or. Alors elle s'écria : « Ah mon Dieu ! » et les trois gouttes de sang répondirent : « Si ta mère savait cela, son cœur se briserait en éclats. » Mais la princesse était humble, elle ne dit rien et remonta à cheval. Elles firent encore plusieurs lieues, mais la journée était chaude, le soleil dardait, et bientôt elle eut encore soif. Comme elles passaient devant une rivière, elle dit de nouveau à sa camériste : « Descends et donne-moi à boire dans ma coupe d'or », car elle avait oublié depuis longtemps toutes les méchantes paroles. Mais la camériste répondit encore plus orgueilleusement : « Si vous avez soif, buvez toute seule, je ne veux pas être votre servante. » Alors la princesse descendit à cause de sa grande soif, elle se coucha au bord de l'eau courante, se mit à pleurer et dit : « Ah, mon Dieu ! » et les trois gouttes de sang répétèrent : « Si ta mère savait cela, son cœur se briserait en éclats. » Et tandis qu'elle buvait ainsi et se penchait fort en avant, le chiffon avec les trois gouttes tomba de son corsage et sans qu'elle s'en aperçût dans sa grande angoisse, il s'en alla au fil de l'eau. Mais la cameriste l'avait vu et se réjouit de tenir la fiancée en son pouvoir : car celle-ci ayant perdu les gouttes de sang, elle était devenue faible et impuissante. Quand elle voulut remonter sur le cheval qui s'appelait Falada, la caméristе lui dit : « Falada est pour moi, et ma rosse[1] pour toi », il lui fallut se soumettre. Ensuite, la caméristе lui ordonna durement d'enlever ses habits princiers et de mettre ses propres hardes[2], et enfin elle dut jurer à la face du ciel de n'en rien dire à personne à la cour du roi ; et si elle n'avait pas fait ce serment, elle aurait été tuée sur place. Mais Falada avait tout vu et se promit de s'en souvenir.

À présent, la caméristе était montée sur Falada et la vraie fiancée sur la haridelle[3] ; elles continuèrent ainsi jusqu'au château royal. Il y eut grand-liesse[4] à leur arrivée, le prince se précipita à leur rencontre, fit descendre la caméristе de cheval et la prit pour sa future épouse : il lui donna la main pour monter l'escalier, tandis que la vraie princesse devait rester en bas. Alors le vieux roi se mit à la fenêtre et la vit s'arrêter dans la cour, et il vit comme elle était mignonne, délicate et si jolie : rentrant aussitôt dans les appartements royaux, il interrogea la fiancée sur celle qui l'accompagnait et restait en bas dans la cour, et il lui demanda qui elle était : « Je l'ai prise en route pour

1. Mauvais cheval.
2. Vêtements pauvres et usagés.
3. Mauvais cheval maigre.
4. Joie.

me tenir compagnie ; donnez-lui quelque ouvrage, afin qu'elle ne reste pas oisive[1]. » Mais le roi n'avait pas d'ouvrage à lui donner, et ne sachant que faire, il dit : « J'ai là un gamin qui garde les oies, elle pourra l'aider. » Le garçon s'appelait le petit Conrad, c'est lui que la vraie fiancée dut aider à garder les oies.

Bientôt, cependant, la fausse fiancée dit au jeune roi : « Mon cher époux, faites quelque chose pour moi, je vous en prie. » Il répondit : « Bien volontiers. — Alors, faites appeler l'équarrisseur[2] et qu'il coupe la tête de ce cheval sur lequel je suis venue, car il m'a contrariée en chemin. » Mais en réalité, elle craignait que le cheval ne révélât la façon dont elle avait traité la princesse. Les choses avaient été poussées si loin que cela fut accompli et que le fidèle Falada dut mourir ; la princesse l'ayant entendu dire, elle promit à l'équarrisseur de lui payer une pièce d'argent s'il voulait bien lui rendre un petit service. Il y avait dans la ville une grande porte sombre par où elle devait passer matin et soir avec ses oies ; il clouerait la tête de Falada sous la porte sombre, afin qu'elle pût le voir encore plus qu'une fois. Ainsi l'équarrisseur promit-il de le faire, il coupa la tête et la cloua solidement sous la porte sombre.

Quand, accompagnée du petit Conrad, elle passa sous la porte en menant paître les oies tôt le matin, elle dit :

Ô Falada, comme tu es cloué là.

---

1. Inactive.
2. Personne chargée de découper les carcasses d'animaux.

Alors la tête répondit :

Ô jeune reine, comme tu vas là,
Si ta mère savait cela
Son cœur se briserait en éclats.

Alors elle sortit de la ville en silence et ils menèrent leurs oies paître dans la campagne. Quand ils furent arrivés au pré, elle s'assit et dénoua ses cheveux, ils étaient d'or pur et le petit Conrad les vit, et tout heureux de les voir briller, il voulut en arracher quelques-uns. Alors elle dit :

Souffle, souffle, ventelet.
Ôte à Conrad son bonnet
Et fais-le courir après
Le temps que je peigne mes nattes
Et que je remette ma coiffe.

Alors un vent violent se leva qui emporta le bonnet du petit Conrad à travers champs, et il dut courir après. Quand il revint, elle avait fini de se peigner et de remettre sa coiffe, en sorte qu'il ne put pas lui prendre le moindre cheveu. Alors le petit Conrad fut fâché et ne lui parla plus ; et ainsi ils gardèrent les oies jusqu'au soir, puis ils rentrèrent à la maison.

Le lendemain, comme ils passaient avec leurs oies sous la porte sombre, la jeune fille dit :

Ô Falada, comme tu es cloué là.

Falada répondit :

Ô jeune reine, comme tu vas là,
Si ta mère savait cela
Son cœur se briserait en éclats.

Et une fois dans la campagne, elle s'assit de nouveau sur l'herbe et se mit à démêler ses cheveux, et le petit Conrad se précipita pour les saisir ; alors elle dit promptement :

Souffle, souffle, ventelet,
Ôte à Conrad son bonnet
Et fais-le courir après
Le temps que je peigne mes nattes
Et que je remette ma coiffe.

Alors le vent souffla, emportant son bonnet loin de là, si bien qu'il dut courir pour le rattraper ; et quand il revint, elle avait depuis longtemps arrangé ses cheveux et il ne put pas en prendre un seul ; et ainsi ils gardèrent les oies jusqu'à la tombée de la nuit.

Mais le soir, une fois rentrés à la maison, le petit Conrad alla trouver le vieux roi et dit : « Je ne veux pas garder les oies plus longtemps avec cette fille. — Pourquoi donc ? demanda le vieux roi. — Ah, elle me fâche toute la journée. » Alors le vieux roi lui ordonna de lui raconter ce qui en était. Et le petit Conrad dit : « Le matin, quand nous passons avec le troupeau sous la porte sombre, il y a une tête de cheval sur le mur à qui elle dit :

Falada, comme tu es cloué là.

Et la tête répond :

Ô jeune reine, comme tu vas là,
Si ta mère savait cela
Son cœur se briserait en éclats.

Et le petit Conrad raconta encore tout ce qui se passait sur le pré et comment il devait courir après son chapeau en plein vent.

Le vieux roi lui ordonna de mener encore paître les oies le lendemain, et lui-même, le matin venu, se posta derrière la porte sombre et l'entendit parler avec la tête de Falada ; puis il la suivit dans la campagne et se cacha au milieu d'un buisson, dans le pré. Et alors il vit bientôt de ses propres yeux la gardeuse d'oies et le garçon pousser les bêtes devant eux, et au bout d'un moment, il la vit s'asseoir et défaire ses nattes, qui brillaient d'un grand éclat. De nouveau, elle dit promptement :

Souffle, souffle, ventelet,
Ôte à Conrad son bonnet
Et fais-le courir après
Le temps que je peigne mes nattes
Et que je remette ma coiffe.

Alors il y eut un coup de vent qui emporta le chapeau du petit Conrad, en sorte qu'il dut courir longtemps, et la jeune fille continua tranquillement de peigner et de natter ses cheveux, tandis que le vieux roi l'observait. Après quoi, il rentra sans que personne l'ait vu et le soir, quand la gardeuse d'oies fut au logis, il la prit à part et lui demanda pourquoi elle se conduisait de la sorte. « Je n'ai pas le droit de vous le dire et je ne peux pas non plus confier ma peine à qui que ce soit, j'en ai fait le serment à la face du ciel parce qu'autrement j'aurais perdu la vie. » Il insista et ne la laissa pas en repos, mais il ne put pas lui tirer un mot de plus. Alors il dit : « Si tu ne veux rien me dire à moi, confie ta peine à ce poêle », et il s'en alla. Alors elle se glissa dans le poêle, et se mettant à gémir et à pleurer, elle épancha son cœur en disant : « Me voici abandonnée de tout le monde et pourtant je suis fille de roi, et une camériste perfide[1] m'a contrainte par force d'ôter mes habits royaux et elle a pris ma place auprès de mon fiancé, tandis que je dois faire le vil travail d'une gardeuse d'oies. Si ma mère savait cela, son cœur se briserait en éclats. » Mais le vieux roi se tenait à l'extrémité du tuyau, il prêta l'oreille et entendit ce qu'elle disait. Alors il revint et la fit sortir du poêle. Puis on la revêtit de ses habits royaux, et c'était merveille de la voir si belle. Le vieux roi appela son fils et lui révéla qu'il avait la fausse fiancée : ce n'était qu'une camériste, quant à la vraie il l'avait devant lui sous les traits de l'ancienne gardienne d'oies. Le jeune roi se réjouit de tout son cœur en voyant sa beauté et sa vertu, et l'on ordonna un grand festin auquel furent conviés tous les gens et les bons amis. Le fiancé était assis au haut bout de la table avec la princesse d'un côté et, de l'autre, la camériste, mais celle-ci était frappée d'aveuglement et elle ne reconnut pas la princesse dans ses brillants atours. Quand ils eurent mangé et bu et se sentirent

---

1. Traîtresse.

pleins d'entrain, le vieux roi posa une devinette à la camériste : que méritait celle qui aurait trompé son maître de telle et telle façon ? Il lui raconta ainsi tous les événements et lui demanda : « Comment mérite-t-elle d'être châtiée ? » Alors la fausse fiancée répondit : « Elle ne mérite rien de mieux que d'être mise entièrement nue dans un tonneau garni à l'intérieur de clous pointus : et on l'attellera de deux chevaux blancs qui la traîneront de rue en rue jusqu'à ce que la mort s'ensuive.

— C'est de toi qu'il s'agit, dit le vieux roi, tu as prononcé ta propre sentence et il t'adviendra ce que tu as dit. » Et quand le jugement eut été exécuté, le jeune roi épousa sa vraie fiancée, et tous deux gouvernèrent leur royaume dans la paix et la félicité.

L'Enfant rebelle

Il était une fois un enfant entêté qui ne faisait pas ce que voulait sa mère. C'est pourquoi le bon Dieu ne l'aimait pas et le fit tomber malade, et aucun médecin ne put le secourir et en peu de temps il fut sur son petit lit de mort. Or quand il fut descendu dans la tombe et recouvert de terre, soudain son petit bras reparut et s'éleva en l'air, et quand ils le rabattirent et mirent de la terre fraîche par-dessus, ce fut en vain, et le petit bras ressortait toujours. Alors la mère elle-même dut aller à la tombe et frapper le bras d'un coup de baguette, et quand elle l'eut fait il se replia, et l'enfant eut seulement alors son repos dans la terre.

L'Aliment de Dieu

Il était une fois deux sœurs, l'une n'avait pas d'enfants et était riche, l'autre avait cinq enfants et était veuve et si pauvre qu'elle n'avait pas assez de pain pour se rassasier, elle et ses enfants. Alors elle alla dans sa détresse trouver sa sœur et dit : « Mes enfants souffrent avec moi de male faim, tu es riche, donne-moi une bouchée de pain. » La riche avait un cœur de pierre et dit : « Je n'ai moi-même rien au logis », et renvoya la veuve avec de méchantes paroles. Au bout de quelque temps le mari de la sœur riche rentra à la maison et voulut se couper un morceau de pain, mais dès l'entame, du sang coula de la miche. Quand la femme vit cela, elle prit peur et lui raconta ce qui était arrivé. Il courut porter secours, mais quand il entra dans la chambre à feu de la veuve, il la trouva en prière ; elle avait sur les bras ses deux plus jeunes enfants, les trois aînés gisaient là déjà morts. Il lui offrit à manger, mais elle répondit : « Nous ne demandons plus d'aliment terrestre ; Dieu en a déjà rassasié trois, il exaucera notre prière instante[1]. » À peine avait-elle prononcé

1. Urgente.

ces paroles ; les deux petits rendirent leur dernier soupir, et peu après le cœur de la mère céda et elle tomba morte.

Les Corneilles

Un honnête soldat avait gagné et épargné un peu d'argent parce qu'il était sérieux et ne le dilapidait[1] pas comme les autres dans les auberges. Or il avait deux camarades qui à vrai dire avaient le cœur faux et voulaient lui voler son argent ; mais extérieurement ils se montraient tout à fait amicaux. À un certain moment, il lui dirent : « Écoute, pourquoi rester cette nuit en ville, on y est enfermés comme des prisonniers, surtout un gars comme toi qui pourrait s'il était chez lui bien gagner sa vie et vivre à l'aise. » Par ces propos ils le travaillèrent si longtemps qu'enfin il consentit à déserter avec eux ; mais les deux autres n'avaient qu'une idée, c'était, une fois hors les murs, de lui prendre son argent. Comme ils avaient fait un bout de chemin, les deux dirent : « Il faut prendre ici à droite si nous voulons atteindre la frontière.
— Non, répondit-il, ça ramène tout droit à la ville ; il faut prendre à gauche. — Quoi ? Tu veux ramener ta science ? » s'écrièrent les deux, ils se jetèrent sur lui, le frappèrent tant qu'il tomba, lui prirent son

1. Dépensait sans faire attention.

argent des poches; mais ce n'était pas assez; ils lui crevèrent les yeux, le traînèrent à la potence et l'y attachèrent. Puis ils le laissèrent et rentrèrent en ville avec l'argent volé.

Le pauvre aveugle ne savait pas en quel triste lieu il se trouvait, il tâtonna autour de lui et trouva qu'il était sous une poutre de bois. Il crut que c'était une croix et dit: « C'est pourtant un bon geste de leur part de m'avoir au moins attaché sous une croix, Dieu est avec moi », et il se mit à prier Dieu comme il faut. Comme la nuit allait tomber, il entendit un battement d'ailes; mais c'étaient trois corneilles qui se posèrent sur la poutre. Ensuite il entendit l'une qui disait: « Sœur, qu'apportes-tu de bon? Oui, si les hommes savaient ce que nous savons! La fille du roi est malade, et le vieux roi l'a promise à celui qui la guérira; mais personne ne le peut car elle guérira seulement si le crapaud de cet étang-là est réduit en cendre et si elle boit la cendre avec de l'eau. » La deuxième dit: « Oui, si les hommes savaient ce que nous savons! Cette nuit tombera du ciel une rosée si merveilleuse et si salutaire que si l'on est aveugle et qu'on en frotte ses yeux on recouvre la vue. » Alors la troisième parla aussi: « Oui, si les hommes savaient ce que nous savons! Le crapaud ne servira qu'à un seul homme et la rosée en secourra peu; mais dans la ville il y a grand besoin, car tous les puits sont à sec et personne ne sait qu'il faut ôter la grande pierre carrée qui est sur le marché et qu'en creusant dessous il jaillira l'eau la meilleure. » Quand les trois corneilles eurent dit cela, il entendit à nouveau un battement d'ailes, et elles s'envolèrent. Il se libéra progressivement de ses liens, ensuite il se pencha et, cueillant quelques brins d'herbe, il se frotta les yeux avec la rosée qui s'y était déposée. Aussitôt il fut à nouveau voyant ; la lune et les étoiles étaient au ciel ; il vit qu'il était à côté de la potence ; il ramassa des tessons[1] de poterie et recueillit de la précieuse rosée tant qu'il put et, quand cela fut fait, il alla à l'étang, fouilla l'eau, attrapa le crapaud et le réduisit en cendre. Avec cette cendre il alla à la cour du roi et en fit prendre à la fille du roi et, quand elle fut guérie, il la demanda, comme il était promis, en mariage. Cela ne plut pas au roi parce qu'il avait de si méchants habits et il dit que, si l'on voulait avoir sa fille, il fallait d'abord fournir d'eau la ville ; il espérait ainsi s'en débarrasser. Mais il alla, ordonna aux gens d'ôter la grande pierre carrée qui était sur le marché et de creuser dessous pour chercher l'eau. À peine avaient-ils commencé à creuser qu'un puissant jet d'eau jaillit. Le roi ne put lui refuser sa fille plus longtemps, et il fut marié avec elle, et ils vécurent une heureuse union.

Un jour qu'il se promenait à travers champs, il rencontra ses deux anciens camarades qui avaient agi si traîtreusement à son égard. Ils ne le reconnurent pas, mais lui les reconnut aussitôt, alla les trouver et dit : « Voyez, c'est votre ancien camarade à qui vous avez si honteusement crevé les yeux, mais le bon Dieu m'a tourné la chose en fortune[2]. » Alors ils tombèrent à ses pieds et demandèrent grâce et, parce qu'il avait

1. Éclats.
2. En a fait une bonne chose.

bon cœur, il eut pitié d'eux et les prit avec lui, leur donnant aussi aliments et habits. Il leur raconta ensuite ce qui lui était arrivé et comment tant d'honneurs lui étaient échus[1]. Quand les deux apprirent cela, ils n'eurent de repos et voulurent une nuit s'asseoir sous la potence, histoire de voir s'ils entendraient bon message. Comme ils étaient sous la potence, il y eut un battement d'ailes au-dessus de leurs têtes, et vinrent les trois corneilles. L'une dit à l'autre : « Écoute, sœur, quelqu'un nous a sûrement épiées, car la fille du roi est guérie, le crapaud n'est plus dans l'étang, un aveugle est devenu voyant, et en ville ils ont creusé un nouveau puits ; allons chercher l'espion et le punir. » Alors elles descendirent plus bas et trouvèrent les deux hommes et, avant qu'ils n'aient pu s'en défendre, les corneilles étaient sur leurs têtes et leur hachaient les yeux et hachèrent si longtemps leurs faces qu'ils ne fussent morts. Alors leurs cadavres restèrent sous la potence. Quand au bout de quelques jours ils ne revinrent pas, leur ancien camarade pensa : « Ils se seront tous deux égarés » et il partit les chercher. Mais il ne trouva plus que leurs os qu'il emporta de sous la potence et mit dans une tombe.

1. Lui étaient rendus.

Barbe-Bleue

Dans une forêt vivait un homme qui avait trois fils et une belle fille. Un jour, vint un carrosse doré à six chevaux avec une foule de serviteurs ; il s'arrêta devant la maison et un roi en descendit qui pria l'homme de lui donner sa fille pour épouse. L'homme se réjouit qu'un tel bonheur survînt à sa fille et dit aussitôt oui ; d'ailleurs, il n'y avait rien à reprocher au prétendant si ce n'est qu'il avait une barbe toute bleue si bien qu'on avait un petit sursaut chaque fois qu'on le regardait. La jeune fille au début en eut peur et se refusait à l'épouser, mais sur l'insistance de son père elle finit par y consentir. Pourtant, comme elle sentait une sorte d'angoisse, elle alla d'abord trouver ses trois frères, les aborda seule et dit : « Chers frères, si vous m'entendez crier, où que vous soyez, laissez tout là et venez à mon secours. » Les frères le lui promirent et l'embrassèrent. « Adieu, chère sœur, si nous entendons ta voix, nous sauterons sur nos chevaux et serons bientôt près de toi. » Là-dessus, elle prit place dans le carrosse auprès de Barbe-Bleue et partit avec lui. Quand elle arriva dans son château, tout était luxueux, et quoi que désirât la reine, c'était fait, et ils auraient été fort heureux si elle avait pu s'habituer à la barbe bleue du roi, mais toujours, quand elle la voyait, elle en éprouvait un effroi intérieur. Après que cela eut duré quelque temps, il dit : « Je dois faire un grand voyage ; voici les clés de tout le château, tu peux ouvrir partout et tout regarder, sauf le cabinet[1] auquel va cette petite clé d'or ; il t'est par moi interdit ; si tu l'ouvres, ta vie est échue[2]. » Elle prit la clé, promit de lui obéir et, quand il fut parti, elle ouvrit successivement toutes les portes et vit tant de richesses et de magnificences qu'elle pensa qu'on les avait tirées et rassemblées du monde entier. Il ne restait plus que le cabinet interdit ; la clé était d'or, elle s'imagina donc fermement que les biens les plus précieux y étaient enclos ; la curiosité se mit à la tracasser, finalement elle fut si forte qu'elle prit la clé et alla au cabinet. « Qui verra si je l'ouvre, se dit-elle, je ne ferai que jeter un regard à l'intérieur. » Alors elle ouvrit la porte et quand la porte s'ouvrit, un flot de sang coula à sa rencontre et aux parois d'alentour elle vit suspendues des femmes mortes et de quelques-unes il ne restait que le squelette. Elle eut un sursaut d'effroi si violent qu'elle referma aussitôt la porte mais du coup la clé tomba dans le sang. Vite, elle la ramassa, voulant essuyer le sang, mais ce fut en vain ; quand elle avait essuyé d'un côté, il reparaissait de l'autre ; elle s'y appliqua toute la journée et tenta tout, mais cela ne servait à rien ;

---

1. Petite pièce à l'écart.
2. Arrivée à la fin.

les taches de sang ne pouvaient être effacées ; enfin, le soir, elle mit la clé dans le foin qui, pendant la nuit, devait retirer le sang. Le lendemain, Barbe-Bleue revint et commença par lui réclamer les clés ; le cœur battant, elle apporta les autres dans l'espoir qu'il ne s'apercevrait pas que la clé d'or manquait. Mais il les compta toutes et, comme il avait fini, il dit : « Où est la clé du cabinet secret ? » Ce disant, il la regardait en face. Elle devint rouge sang et répondit : « Elle est là-haut, je l'ai égarée, je la chercherai demain. — Vas-y plutôt à l'instant, chère femme, j'en aurai encore besoin aujourd'hui. — Ah ! Je dois seulement te dire que je l'ai perdue dans le foin ; il faudra d'abord chercher. — Tu ne l'as pas perdue, dit Barbe-Bleue en colère, tu l'y as mise afin d'en ôter les taches de sang, car tu as passé outre à mon interdiction[1] et tu as été dans le cabinet ; mais maintenant tu dois y entrer que tu le veuilles ou non. » Alors elle dut aller chercher la clé qui était encore toute tachée de sang. « Eh bien prépare-toi à la mort, tu dois mourir ce jour même », dit Barbe-Bleue ; il alla chercher son grand couteau et la conduisit sur le parvis de la maison. « Laisse-moi du moins faire ma prière avant ma mort, dit-elle. — Soit, va, mais hâte-toi, car je n'ai pas le temps d'attendre. » Alors elle grimpa l'escalier et cria tant qu'elle pouvait par la fenêtre : « Frères, mes chers frères, venez à mon secours ! » Les frères étaient au bois et buvaient d'un vin frais quand le plus jeune dit : « Il me semble avoir entendu la voix de notre sœur ; debout ! Il faut

1. Tu n'as pas tenu compte de mon interdiction.

courir à son aide ! » Alors ils enfourchèrent leurs chevaux et s'élancèrent comme un vent de tempête. Mais leur sœur, dans sa frayeur, était à genoux ; alors d'en bas, Barbe-Bleue cria : « Eh bien, as-tu bientôt fini ? » En même temps, elle entendit qu'il aiguisait son couteau sur la marche du bas de l'escalier ; elle regarda par la fenêtre mais elle ne vit rien au loin qu'un nuage de poussière, comme si arrivait un troupeau. Alors elle cria encore une fois : « Frères, mes chers frères, venez à mon secours ! » Et sa frayeur allait croissant. Mais Barbe-Bleue criait : « Si tu ne viens pas bientôt, je vais te chercher, mon couteau est aiguisé ! » Alors elle regarda de nouveau par la fenêtre et vit ses trois frères chevaucher à travers champs, on eût dit des oiseaux en vol, alors elle cria pour la troisième fois dans son extrême détresse et de toutes ses forces : « Frères, mes chers frères ! Venez à mon aide ! » Et le plus jeune était déjà si proche qu'elle entendit sa voix : « Console-toi, chère sœur, encore un instant, nous sommes avec toi ! » Mais Barbe-Bleue cria : « Assez de patenôtres[1] ! Je ne veux pas attendre plus longtemps ; si tu ne viens pas, je vais te chercher ! — Ah ! Laisse-moi prier pour mes trois chers frères. » Mais il n'entendit pas, il monta l'escalier et la traîna en bas, et il venait de la prendre par les cheveux et voulait lui plonger le couteau dans le cœur quand les trois frères frappèrent à la porte, se ruèrent à l'intérieur et la lui ôtèrent des mains ; ensuite ils tirèrent leurs sabres et l'abattirent. Alors il fut pendu dans le cabinet sanglant à

1. Prières.

côté des autres femmes qu'il avait tuées ; mais les frères emmenèrent leur sœur bien-aimée à la maison, et toutes les richesses de Barbe-Bleue devinrent siennes.

Table des contes

Du tableau au texte

Alain Jaubert

Du tableau au texte

L'Arbre aux corbeaux
de Caspar David Friedrich

… *un arbre sombre se détache sur un ciel lumineux…*

Au premier regard, on ne perçoit qu'un arbre noir et tourmenté qui occupe près des trois quarts de la surface de cette image rectangulaire horizontale. C'est une huile sur toile de taille moyenne, 59 sur 75 centimètres, le seul tableau du peintre allemand présent dans un musée français. Il est entré au Louvre en 1975 par suite d'un achat de l'État et n'était connu que depuis 1925, les documents d'époque sur ce tableau manquant. Il est cependant attribué en toute certitude au peintre parce qu'il est très proche de plusieurs autres œuvres de Friedrich, celles-là bien documentées, et parce qu'on lui connaît aussi plusieurs dessins préparatoires.

Un arbre donc, très sombre car traité en contre-jour, se détache sur un ciel lumineux : à la forme de sa ramure contournée, on reconnaît un chêne. Plusieurs branches sont issues du tronc. L'une a été cassée. Deux autres montent vers le ciel puis s'écartent, remplissant l'espace de leurs rameaux successifs. On peut distinguer jusqu'à six niveaux d'embranchements. À l'extrémité des ultimes rameaux, quelques feuilles mortes restées accrochées à l'arbre. La branche de gauche se divise à son tour en une autre branche. Deux autres plus modestes partent de la partie inférieure du tronc. Au pied de l'arbre, une vieille souche, bon nombre de branches mortes et, semble-t-il, pourrissantes, beaucoup de débris, des brindilles. À gauche du tronc, une autre souche d'où se dressent de jeunes branches.

Dans l'espace vide en haut à droite, plusieurs bandes d'oiseaux planent assez haut dans le ciel mais semblent se diriger vers l'arbre. Quelques oiseaux isolés sont déjà sur l'arbre : l'un se pose au centre sur la branche cassée, trois autres sont en train de voleter dans la partie gauche des branchages. Derrière l'arbre, plusieurs s'approchent en vol plané. Le tableau a été nommé *Rabensbaum*, l'« arbre aux corbeaux », et on pense donc que ces oiseaux sont des corvidés, quoique leur silhouette ne rende pas cette identification très évidente, et, en tout cas, rien ne permet de distinguer s'il s'agit de corbeaux freux (à bec jaune), de corneilles (à bec noir) ou de choucas (de taille plus modeste que les deux autres espèces). L'évidence viendrait plutôt d'autres tableaux de Friedrich où le peintre associe aux corvidés les tombeaux celtiques ou paléochrétiens et les arbres dépouillés en hiver. Les fines traînées de nuages déploient des nuances de jaune, de rose, de rouge, de mauve, de gris perle, et des effluves d'un bleu très pâle sont aussi perceptibles dans les percées du ciel. On ne voit pas le soleil, et à première vue, on ne saurait dire s'il s'agit de l'aube ou du soir. À quelque distance derrière l'arbre, une petite colline couverte d'une herbe rase de nuance gris verdâtre.

… l'arbre bouche littéralement la vue…

La composition déjà, en soi, est originale. Auparavant, dans la peinture classique, l'arbre, rejeté à la marge, servait de portant. Chez Nicolas Poussin (1594-1665), Claude Lorrain (1600-1682), Joseph Vernet (1714-1789) ou Antoine Watteau (1684-1721), un tronc d'arbre et sa frondaison redoublent souvent le cadre physique du tableau, limitant la vue proposée, attirant le regard du spectateur vers le centre ou vers le point focal et l'empêchant de s'égarer vers l'extérieur. Il est aussi parfois une sorte de balisage du premier plan, plan au-delà duquel les autres strates du paysage vont pouvoir s'étager et creuser la perspective. Et il est souvent utilisé pour apporter un contrepoids à d'autres formes dispersées dans le tableau : le sombre s'opposant au clair, le vert aux autres couleurs, la dentelle ouvragée du feuillage aux autres formes pleines et planes de la composition.

Ici, rien de tel : l'arbre bouche littéralement la vue, couvre presque tout le paysage. Au musée, on ne s'aperçoit justement qu'il existe un paysage, au-delà de l'arbre et de la colline, qu'après avoir observé ce motif central et même seulement lorsqu'on s'approche du tableau. On découvre alors que sans ces deux obstacles, on se trouverait face à une sorte de vaste panorama : une côte marine, à droite ouverte sur le large, et, à gauche, s'incurvant en une baie coupée par un promontoire de rochers à peu de distance et fermée à l'horizon par une ligne de falaises. Quelques petites taches blanches sur la mer d'un bleu d'acier : l'écume des vagues ou bien peut-être les voiles de plusieurs barques de pêche.

... un tempérament triste et mystique...

Caspar David Friedrich (1774-1840) est né à Greifswald, un port de la mer Baltique qui avait rejoint la Hanse teutonique au XIIe siècle. La région était territoire suédois depuis 1648. En 1815, la Poméranie suédoise devient prussienne. Friedrich étudie à l'Académie des beaux-arts de Copenhague. En 1798, il s'installe à Dresde, siège de la cour prussienne et fameuse ville d'art. Il développe un style très particulier de paysage qui lui vaut rapidement une relative renommée. Il sera l'ami de plusieurs peintres et poètes de la génération romantique. Goethe viendra lui rendre visite à Dresde. Heinrich von Kleist (1777-1811) suivra de près ses premiers travaux.

Protestant de tendance piétiste, Friedrich tente de transposer dans des motifs naturalistes les éléments d'une révélation surnaturelle. Ruines, rochers, tombeaux, arbres tourmentés, ciels nuageux, couchers et levers de soleil, brumes, forêts sombres sont autant d'éléments récurrents mis au service d'une spiritualité ardente.

Faut-il chercher dans les événements dramatiques de sa jeunesse la source de son tempérament triste et mystique ? Il perd sa mère à l'âge de sept ans. Une petite sœur, Élisabeth, meurt de la variole l'année suivante. Lors d'une partie de patinage, la glace se rompt, il est rattrapé par son frère Christopher mais celui-ci périt au cours du sauvetage. Toute sa vie, Caspar David se sentira responsable de cette mort.

En 1791, une autre sœur, Maria, meurt du typhus. Friedrich souffre des guerres napoléoniennes qui ravagent la région de Dresde et participe au mouvement patriotique. « Il y avait chez lui, écrit un contemporain, un curieux mélange d'états d'âme, la gravité la plus profonde et la plaisanterie la plus gaie, celle qu'il n'est pas rare de trouver chez les plus grands mélancoliques comme chez les plus grands comiques. Car tout le monde savait que Friedrich était de tempérament mélancolique à l'extrême, en tout cas ceux qui le connaissaient, lui, son histoire, et aussi le genre de ses travaux… » Son mariage en 1819 avec Caroline Bommer (elle a vingt-cinq ans, il en a quarante-quatre) apaise un peu ce grand tourmenté. Son voyage de noces vers sa ville natale de Greifswald et l'île de Rügen toute proche lui permet d'engranger bon nombre de thèmes picturaux qu'il réutilisera dans ses œuvres des années suivantes.

L'île de Rügen semble bien être en effet le cadre de cet *Arbre aux corbeaux*. Située sur la mer Baltique, très proche de la côte poméranienne, c'est la plus grande île d'Allemagne. Des côtes très découpées avec, à l'ouest, de grandes baies intérieures et, à l'est, des falaises ou de larges plages de sable : haut lieu touristique aujourd'hui relié au continent par un pont, Rügen était au début du XIXe siècle une région encore rustique et fort pittoresque. Les princes allemands commençaient à y construire de petites villes idéales et des châteaux. Les curieuses falaises calcaires très découpées du Stubbenkammer y attiraient déjà les touristes, de même que, plus au nord, le cap Arkona, fief d'un pirate légendaire du XIVe siècle, Klaus Störtebeker.

... réinventer un paysage...

En examinant de près le tableau de Friedrich, on pourrait penser à une reconstitution fidèle du paysage tel qu'il est vu de la côte nord de Rügen, à quelques kilomètres de Sassnitz, en regardant vers le nord ou le nord-ouest. On verrait donc le cap Arkona, bien reconnaissable sur la gauche. Il figure dans d'autres tableaux du peintre, en particulier *Femme au bord de la mer,* peint après le voyage de noces et conservé aujourd'hui à la Fondation Reinhart à Winterthur. Mais dans cette zone, la baie qui fait face au nord sur plusieurs kilomètres s'étend en parfait arc de cercle et aucune langue de terre ne vient en briser la courbe. Friedrich a donc ajouté un détail, cette mince barre de rochers qui tranche l'arc de la baie.

Il ne faut pas oublier que ces tableaux sont entièrement peints en atelier, et même, dans ce cas précis, sans doute à Dresde, donc à quelques centaines de kilomètres du « motif ». Friedrich peint de mémoire, en se référant à des dessins anciens et en réinventant un paysage qu'il ne cherche pas à rendre exactement mais au contraire qu'il fabrique en juxtaposant des éléments hétérogènes. La transcription de la réalité ou de la sensation brute n'est pas son souci comme ce sera plus tard celui de Corot, de Boudin ou des impressionnistes. Il semble bien que Friedrich ait ajouté ces rochers en s'inspirant d'une petite partie d'un dessin de juin 1801 représentant le domaine de Reddewitz, au sud de l'île de Rügen, en regardant à partir du nord-ouest.

Dans ce dessin, la mince ligne de côte, à l'horizon, par-delà les plages et les baies, est donc la côte même du continent, la région justement où se trouve la ville natale du peintre, Greifswald. Elle est suffisamment proche — une trentaine de kilomètres — pour qu'on puisse imaginer que les minuscules ponctuations sur cet horizon sont ses toits et ses clochers. Dans une même image, démarche peut-être inconsciente, le peintre lierait donc le nord-ouest et le sud-est, c'est-à-dire le lieu du couchant, de l'avenir, donc de la mort et le lieu du levant, du passé, du souvenir, de la naissance. Nous sommes là un peu face à un des éléments du système de Friedrich, une savante rhétorique de l'image qu'il développe avec rigueur dans presque tous ses tableaux. Il procède toujours par métaphores visuelles mais pas selon des canons classiques. L'objet représenté signifie tout à fait autre chose que ce qu'il semble montrer. Dans *L'Arbre aux corbeaux*, aucune présence humaine, aucun récit, aucune anecdote mais peut-être d'autres allégories. Tentons donc d'analyser tous les éléments de ce tableau assez étrange.

… le grand chêne de la forêt des frères Grimm est entouré de légendes…

Dans toutes les mythologies, qu'elles soient grecques ou romaines, celtiques ou allemandes, le chêne est un arbre sacré. Il est l'axe du monde. La force : son nom latin de *robur* en témoigne. Il attire la foudre, c'est l'arbre de Zeus. La massue d'Hercule est en chêne. Les héros de la Bible comme ceux du cycle homérique reçoivent leurs révélations au pied d'un chêne. Grandes frondaisons, branches solides et hautes : l'arbre est symbole d'hospitalité. Robin des Bois se réfugie dans le grand chêne de la forêt de Sherwood. Le grand chêne cinq fois centenaire du Reinhardswald, la forêt des frères Grimm, dans la Hesse, près de Cassel, est lui aussi entouré de légendes, de contes de fées, de magie. Il se visite encore comme un monument historique. Au moment où les frères Grimm recueillent leurs contes dans cette région, Friedrich peint. Mais sans doute pas pour les mêmes raisons. L'Allemagne est encore très rurale, couverte de forêts épaisses, profondes, parfois accueillantes, parfois maléfiques. La plupart des mythes, des légendes, des contes, jusqu'à Wagner, ont pour décor ou pour toile de fond cette forêt enchantée où parfois le chêne règne en maître absolu. Plus prosaïquement, l'arbre magique est vénéré pour ses tannins qui font mûrir le vin, son écorce qui soigne les blessures, ses champignons qui nourrissent, son bois dur et quasi invulnérable qui donne les charpentes des maisons comme la membrure des navires.

Ce chêne que montre Friedrich, il l'a bien rencontré mais pas à cet endroit. Le 3 mai 1809, au cours de son voyage de Greifswald vers Dresde, le peintre s'était arrêté à Neubrandeburg et il avait dessiné plusieurs chênes observés à proximité de la ville. Certains de ses dessins serviront à la composition de plusieurs autres œuvres comme *L'Abbaye dans la forêt de chênes* (1809-1810, Berlin) ou *Chêne dans la neige* (1829, Berlin). Il dessine aussi des souches ou des branches cassées et ces dessins entreront aussi dans ses tableaux et en particulier dans celui qui nous intéresse. Et cependant ce chêne central, s'il le copie sur son dessin ancien, il le modifie sensiblement : il lui ajoute des branches, entières ou cassées, il accentue quelques torsions, il tasse l'ensemble de façon à le faire tenir dans son cadre horizontal alors que le dessin d'origine se déployait sur une longue feuille verticale. Enfin, la levée de terre située derrière absorbe en quelque sorte la silhouette du tronc et fait paraître l'arbre encore plus trapu, plus bas, presque rampant. Le côté dramatique est ainsi accentué : c'est comme la silhouette d'un homme qui dresserait ses bras vers le ciel. Comme si le corps tourmenté du chêne avait été sculpté par la furie du vent et de la mer. D'ailleurs, il faut remarquer que cette immobilité impressionnante que semble refléter le tableau n'est que la somme de plusieurs mouvements figés : branches remuées par le vent, oiseaux en vol, vagues, nuées, barques.

Le corbeau, lui, jusqu'à l'époque romantique, est plutôt perçu comme un oiseau de bon augure : messager divin au Japon, image de la sagesse dans la Bible, prophète dans la mythologie grecque, vengeur dans le folklore irlandais, proche du dieu Odin dans la mythologie scandinave, figure du renouveau printanier chez certains Indiens d'Amérique. C'est lui qui, sorte d'envoyé de Dieu, vient nourrir saint Antoine au désert dans le retable d'Issenheim de Matthias Grünewald à Colmar. Ce n'est qu'à une époque récente en Europe que le corbeau devient soudain une figure du malheur, de la mort. Il est le charognard présent sur le champ de bataille. Noir, impur, il se détache violemment sur la blancheur immaculée du paysage enneigé et son cri lugubre est comme un présage de mort. Chez Edgar Allan Poe, dans son fameux poème, *The Raven*, il est signe du destin funeste et il parle pour répéter comme un automate *Nevermore*, « jamais plus ». Chez les frères Grimm, il est la prison d'être humains captifs de sa forme par suite d'un maléfice (*Les Sept Corbeaux*). Il restera une sorte de signe de la fatalité comme semble en témoigner le dernier tableau de Van Gogh où l'essaim sinistre des corbeaux noirs s'oppose violemment à la blondeur des blés mûrs. Et jusqu'au fameux *Chant des partisans* où le « vol noir des corbeaux sur la plaine » est assimilé à la présence de l'envahisseur ennemi.

... le chêne blessé fait obstacle au regard...

La petite colline qui se profile derrière le chêne a été interprétée comme un tumulus hunnique parce que sur le cadre d'origine du tableau, cadre aujourd'hui disparu, on pouvait lire *Hühnengrab*, « tombeau hunnique ». Et, en effet, cette région que dépeint de façon plus ou moins imaginaire Friedrich était riche en tombeaux de ces peuples venus d'Asie qui, à partir de la fin du IVe siècle, envahirent l'Europe occidentale et vinrent même s'établir jusqu'aux rives de la Baltique. Fasciné par ces restes antiques, Friedrich les dessine ou les peint à plusieurs reprises (*Tombe hunnique au bord de la mer,* 1806-1807, Weimar ; *Tombe hunnique sous la neige,* 1807, Weimar ; *Tombe hunnique en automne,* 1820, Dresde). Et il y avait bien à Rügen, face à la mer, quelques tertres, restes de tombeaux hunniques aujourd'hui pour la plupart arasés par la mer, le vent et les travaux des hommes.

Mais s'il est intrigué par ces ruines antiques de son pays natal, Friedrich ne les utilise pas pour leur pittoresque ni pour les accents nostalgiques qu'ils pourraient apporter à ses paysages. En fait, selon les suppositions des exégètes basées sur les déclarations du peintre comme sur les témoignages de ses proches, cet élément de décor placé volontairement au centre de l'image signifierait que le héros païen finit par disparaître complètement, fondu avec la terre, exactement comme le chêne peut être brisé, foudroyé, réduit à ses branches mortes et à la pourriture au pied du tronc. Comme l'a remarqué un spécialiste du peintre, Helmut Börsch-Supan, le chêne, chez Friedrich, est un symbole négatif : il témoigne d'un attachement au terrestre, d'un refus de la mort. Il est signe du paganisme ancien. Il est opposé souvent au sapin qui est au contraire symbole d'une conduite chrétienne (il se dresse droit vers le ciel). Le chêne blessé, peut-être mourant, qui fait obstacle au regard et à la progression du voyageur, le chemin encombré de branches, le tertre païen sont autant de barrières que celui-ci doit franchir pour accéder à la plage, à l'horizon marin, image de l'infini, et au ciel littéral, un ciel resplendissant, coloré, et qui est évidemment aussi une image des Cieux, une promesse de vie éternelle. « Le peintre ne doit pas seulement peindre ce qu'il voit devant lui, mais aussi ce qu'il voit en lui », écrit Friedrich dans ses carnets.

La dimension temporelle a elle aussi été parfois soulignée : dans nombre de ses tableaux, Friedrich sème des indices discrets mais qui permettent de se situer à la fois dans l'espace et dans le temps. La falaise d'Arkona est éclairée : comme nous regardons au nord, la lumière vient donc de la droite, nous sommes au moment du lever du jour et non au couchant. De même, la terre est sans verdure, l'herbe est terne, les feuilles qui subsistent sur l'arbre sont mortes, mais sur la souche des surgeons se dressent fermement : c'est la fin de l'hiver et le printemps s'annonce. On voit que Friedrich redouble ses éléments symboliques par des signes naturels depuis toujours chargés de sens allégoriques : aube, lumière, renouveau du printemps. Il s'agirait pour lui de signifier la relève de l'ancien paganisme par le christianisme triomphant. La vie terrestre n'est qu'une préparation à la vie éternelle dont les beautés de la nature offrent un reflet. « Dieu est partout, disait Friedrich, même dans un grain de sable. » Dès 1825, le peintre Ludwig Richter avait vu les dangers d'un tel allégorisme : « J'ai l'impression que la conception de Friedrich conduit à une impasse, qui peut devenir à notre époque un phénomène épidémique… Friedrich nous enchaîne à une idée abstraite, il n'utilise les formes de la nature que de façon allégorique, comme des idéogrammes et des hiéroglyphes, qui doivent signifier ceci ou cela ; or dans la nature chaque chose s'exprime pour elle-même, l'esprit et le langage de la nature se révèlent dans chaque forme et dans chaque couleur. »

… *« la tragédie du paysage »*…

De son côté, le sculpteur français David d'Angers, qui visita Friedrich à Dresde en 1834, lui voua une grande admiration. « Un soir j'ai été voir le peintre Friedrich. C'est lui qui nous a ouvert la porte. Il est grand et mince, pâle, des sourcils très épais, les yeux enfoncés. Il nous a introduit dans son atelier : un poêle, une petite table, un chevalet sur lequel il n'y avait rien, les murs qui ont une couleur verdâtre, rien d'accroché dessus. Enfin, après l'en avoir bien prié, il nous a apporté plusieurs de ses ouvrages : un délicieux tableau représentant un arbre sans feuilles, une chouette sur une branche, et la lune qui joue derrière les branches. Pas de terrain : cela est d'un effet qui fait rêver. Il nous a fait voir beaucoup de dessins admirables : point de figures ; l'intérêt est suscité par le site et par l'effet. Sa manière d'exécuter est d'une naïveté remarquable. Il est comme les grands génies qui disent des choses sublimes, avec des expressions très simples… Les ouvrages de cet homme forcent à rêver ; ils sont tellement poétiques ; ils rendent admirablement bien la tragédie du paysage. »

« La tragédie du paysage »… La formule est restée. Et elle est toujours reprise à propos du peintre. Mais elle est ambiguë. Elle a séduit sans doute parce qu'elle réduisait la complexité allégorique de Friedrich à une simple expressivité du paysage selon la mode romantique. Il voulait peindre des tableaux plus complexes. Dans *Voyageur contemplant une mer de nuages* (vers 1818, Hambourg), un homme vu de dos, debout au sommet d'un rocher élevé, domine vallées et nuées et porte son regard vers les montagnes lointaines comme inaccessibles. Dans *Les Blanches Falaises de Rügen* (1818, Winterthur), trois voyageurs, deux hommes et une femme, se trouvent au bord d'une falaise et contemplent au-dessous d'eux les ravins et les arêtes de craie blanche finement découpées par l'érosion : le cadrage, la profondeur, les couleurs sont d'une invention étonnante. *Lever de lune sur la mer* (vers 1822, Berlin) : deux femmes et un homme, assis sur un rocher au crépuscule, regardent la mer où deux navires à la haute voilure font route en direction du rivage ; des nuées basses d'où commence à sortir la lune. *Les Trois Âges de l'homme* (1835, Leipzig) : même situation ; cinq personnages sur le rivage, cinq hauts voiliers sur un fond de couchant, ou comment une simple scène familiale peut prendre une dimension allégorique. *Le Naufrage* (1824, Hambourg) : un horrible amas de glaçons aigus comme des récifs se dresse au-dessus de la banquise ; un navire est couché, écrasé sous les glaces ; inspiré des expéditions polaires contemporaines dont la presse avait beaucoup parlé à l'époque, c'est aussi le tableau le plus célèbre de Friedrich, un des plus utilisés par les illustrateurs. Difficile de ne pas y retrouver aussi des échos de l'enfance tragique du peintre. Tous ces tableaux relèvent d'une esthétique du sublime que les romantiques vont pousser à son paroxysme : paysages sauvages et vierges, horizons marins infinis, nuées insaisissables, cimes inaccessibles, etc. Ils illustrent aussi les systèmes allégoriques de Friedrich, bien plus complexes que le simple « sentiment de la nature » hérité de Jean-Jacques Rousseau.

... une place importante dans l'histoire de l'art moderne...

La beauté de certains tableaux de Friedrich, leurs évidentes qualités plastiques ne doivent pas faire oublier toute une partie de son œuvre qui est pour nous aujourd'hui beaucoup moins parlante. Un de ses premiers grands tableaux, le *Retable de Tetschen*

(1807-1808, Dresde), montre un sommet rocheux hérissé de sapins et surmonté d'un calvaire géant; des rayons lumineux jaillissent derrière la montagne. *La Croix dans la montagne* (1812, Düsseldorf) : amas de rochers, crucifix, sapins et cathédrale gothique dans un brouillard rougeâtre. *Vision de l'église chrétienne* (vers 1820, Schweinfurt) : deux druides dansent sur l'herbe et lèvent les bras au ciel tandis que s'élève dans la fumée des sacrifices et au-dessus de la brume la silhouette pâle d'une église gothique. Ces tableaux de « propagande » religieuse, comme certains tableaux de propagande politique que réalisa Friedrich à ses débuts (tombeaux de patriotes), sont à la fois naïfs et si lourdement allégoriques qu'ils prêtent désormais plutôt à rire. Mais pour en rester aux meilleurs tableaux du peintre, ceux qui lui confèrent aujourd'hui une place importante dans l'histoire de l'art moderne, il semble qu'on ait parfois beaucoup exagéré la tendance à l'allégorisme de Friedrich. Il a peint aussi de délicieux paysages qui, même s'ils sont entièrement fabriqués en atelier, rendent magnifiquement des impressions ou des sensations qu'on ne retrouvera qu'avec Camille Corot (1796-1875) puis avec les peintres impressionnistes. *Vue d'un port* (1815, Berlin), variation crépusculaire dans la lignée de Joseph Vernet (1714-1789) ; *Brume* (1807, Vienne), rivage et navires estompés dans une nappe de brouillard; *Sur le voilier* (vers 1819, Saint-Pétersbourg), un couple à l'avant d'un voilier, cadrage surprenant, serré, à la Claude Monet (1840-1926) ou à la Édouard Manet (1832-1883) ; *La Grande Réserve* (1832, Dresde), les bords de l'Elbe, le soir, dans des tons et un traitement de la pâte qui annoncent certaines recherches du XXe siècle. Il est difficile de transposer la grille allégorique de Friedrich sur tous ces tableaux, à moins d'en venir à une sorte de tautologie permanente. Car, en effet, partout dans le monde le crépuscule est assimilé au déclin, à la mort; l'aube à la naissance et ainsi de suite. Chaque moment du jour ou de l'année, chaque image de notre environnement tient une place dans des systèmes analogiques tissés au cours des siècles par la culture. Tout paysage, même si le peintre n'y a placé aucune intention particulière, peut devenir symbolique. Le démon de l'analogie se saisit de tout. Et de toute façon, Friedrich avait suffisamment chargé certains de ses tableaux de sens cachés qu'il était difficile de ne pas en chercher sur toutes ses autres œuvres.

... une lecture « moderne », plus abstraite, plus formelle...

De toute façon, nous ne lisons plus aujourd'hui entièrement *L'Arbre aux corbeaux* selon les intentions allégoriques de son auteur. Si ce tableau a une telle évidence picturale et se distingue même de plusieurs autres œuvres du peintre, c'est qu'il rassemble des qualités formelles qui transcendent tout courant historique (paysage romantique), toute catégorie picturale (peinture religieuse, allégorie, symbolisme), et qui nous permettent même une lecture qu'on pourrait qualifier de « moderne », plus abstraite, plus formelle. Car il est composé en fonction de contrepoints qu'on peut retrouver dans bien des œuvres de la modernité depuis Claude Monet et Paul Cézanne (1839-1906) et qui nous sont devenus familiers. Le premier plan sombre contre l'arrière-plan lumineux. La couleur délibérément détruite et funèbre du premier plan contre la gamme éclatante des lointains. Le réseau des embranchements contournés du chêne, véritable grille dressée devant le regard du spectateur, contre la calme et plate harmonie des horizons rectilignes. La dialectique subtile entre le proche et le lointain, thème constant chez Friedrich. Le mouvement de l'œil du particulier (l'arbre tourmenté) vers l'universel (le ciel éclatant). Ce n'est plus vers la vie éternelle que nous tournons nos regards mais, au-delà du sombre symbole du chêne, vers la promesse de lumière, de soleil, de printemps, de jeunesse même sans doute. Les intentions religieuses ont disparu, une part de l'allégorie est malgré tout restée.

On peut donc recevoir aujourd'hui ce tableau comme une allégorie moderne sur les promesses de l'avenir mais aussi comme une partition sérielle, comme une variation mathématique sur des modèles d'embranchements, comme une méditation sur la vie inconsciente des formes. Nous sommes partis d'une esthétique que l'histoire de l'art qualifie de « romantique » mais nous avons été entraînés beaucoup plus loin. Et nous croyons peut-être ainsi avoir la réponse à une question qui se pose à chaque époque : qu'est-ce donc qui assure la pérennité de certaines œuvres plutôt que d'autres ?

Le texte

en perspective

Jean-Marie Sapet

Vie littéraire

Entre folklore et histoire

1.

Plusieurs auteurs pour un recueil

1. *Deux Grimm ne font qu'un*

Sous le nom de Grimm ont été publiés, pour la première fois en 1812, les *Contes de l'enfance et du foyer*. Par commodité, on parle plus couramment des « contes de Grimm » — de même que l'on connaît les contes de Charles Perrault (1628-1703), ceux du Danois Hans Christian Andersen (1805-1875) ou de l'Allemand Ernst Hoffmann (1776-1822). Cependant, si l'on peut mettre un visage sur ces écrivains, il n'en va pas de même pour Grimm : car ce n'est pas un seul homme, mais deux frères qui se cachent derrière ce nom unique. L'aîné s'appelle Jacob, et le plus jeune Wilhelm.

C'est ensemble qu'ils ont composé ce recueil. Il comprend en tout deux cents contes et dix « légendes pour les enfants ». Si leurs noms à tous deux se retrouvent aujourd'hui condensé en un seul, ce n'est pas uniquement par souci de raccourcir une appellation un peu longue, car dès le départ, les frères Grimm savaient que ce n'était pas tant leur nom qui importait que leur travail. On peut aussi se dire que les deux frères sont fondus en un seul personnage, « Grimm », sans prénom, parce qu'ils auraient contribué à part égale à cette œuvre, mais c'est inexact. De fait, s'ils ont bien travaillé en commun pour la première édition des *Contes*, c'est Wilhelm seul qui se chargea des nombreuses éditions suivantes, dans lesquelles des contes furent ajoutés, modifiés, précisés. Un seul nom suffit toutefois à désigner les deux hommes.

2. *Les Grimm, auteurs des contes ?*

Ce problème résolu, un autre apparaît : on ne peut dire que les frères Grimm sont les auteurs de leurs contes. Comment cela s'explique-t-il ? Revenons pour commencer au cas d'Andersen, qui écrivait lui aussi au XIXe siècle : de ses cent cinquante-six contes, on connaît les plus célèbres à travers le monde, comme *Le Vilain Petit Canard, La Reine des Neiges* ou *La Petite Sirène.* Il en est l'auteur à proprement parler, puisque c'est lui seul qui a inventé ces récits. Charles Perrault, au XVIIe siècle, en France, a lui aussi apposé son nom sur un recueil de *Contes,* mais il n'a rien inventé, car toutes les histoires que l'on trouve dans ses récits proviennent du fonds très ancien de la littérature populaire. Perrault a donc rédigé, à sa manière et sur un ton qui lui étaient propres, des contes pourtant déjà existants.

Avec les frères Grimm, on a encore affaire à une autre configuration : le fait est qu'ils ont seulement réunis en un livre des contes qu'ils tenaient de la bouche de diverses personnes, majoritairement des femmes conteuses de leur région d'origine en Allemagne, la Hesse. Certains contes leur ont aussi été transmis par des amis qui les recueillaient pour eux dans d'autres régions d'Allemagne. Ainsi, Jacob et Wilhelm Grimm ne peuvent être appelés les auteurs des contes qui portent leur nom, car ils en sont les compilateurs.

3. *Tradition populaire*

Ces histoires sont des contes populaires, c'est-à-dire des contes qui se transmettaient oralement de génération en génération, surtout dans les campagnes. Retournons un instant deux cents ans en arrière, dans cette région alors très rurale qu'est la Hesse : à cette époque-là, on ne disposait pas de l'électricité — donc, pas question de regarder la télévision, d'écouter la radio ni des disques, encore moins de téléphoner. Les moyens de transport n'étaient ni aussi commodes ni aussi rapides qu'aujourd'hui. À quelles distractions pouvait-on alors se livrer dans les campagnes ? Si l'on excepte les fêtes liées au cycle des saisons et les événements religieux qui rythmaient la vie, on en trouvera bien peu, mais une activité permettait d'occuper les soirées, quand toute la famille était rentrée au logis ou lors d'une visite à des parents : le récit de contes.

Des femmes le plus souvent racontaient ces histoires qu'elles tenaient de leur mère ou de leur grand-mère, qui les tenait elle-même d'une aïeule, et ainsi de suite. Aucune trace écrite n'existe donc avant que les frères Grimm ne s'intéressent à ces contes, ce qui explique que les récits manquent parfois de cohérence. Prenons comme exemple *Celui qui partit en quête de la peur* : les événements qui s'y succèdent semblent se multiplier à l'infini, et l'on voit le héros triompher de dangers toujours plus nombreux et effrayants, comme si les épisodes avaient été accumulés, grossis et exagérés autour d'une trame principale.

La composition laisse également peu de place au superflu, car ce qui importe par-dessus tout dans un conte populaire, c'est l'action. La fin des contes est souvent significative de ce point de vue, car une fois le problème résolu, le héros sauvé ou le mariage accompli, on ne s'embarrasse pas de détails. *Barbe-Bleue* en montre un bon exemple : deux phrases suffisent pour raconter la mort de Barbe-Bleue et le retour à la normale des autres protagonistes de l'histoire.

Plutôt que des récits à la rédaction soignée et soucieux du détail, les contes de Grimm révèlent leur origine populaire par ces sortes d'imperfections, qui participent aussi à leur attrait.

2.

Une tradition allemande

1. *Pourquoi recueillir des contes populaires ?*

Le travail de Jacob et Wilhelm Grimm n'est pas le fruit du hasard, et ils ont choisi de recueillir des contes populaires allemands pour plusieurs raisons. Intéressons-nous d'abord à la situation de l'Allemagne au début du XIXᵉ siècle : elle n'existe pas encore sous la forme que nous connaissons actuellement. Au lieu d'un seul pays unifié, on trouve en effet quantité de petits royaumes et de principautés indépendants, où l'on parle plusieurs variétés de la langue allemande. Or, c'est précisément à cette époque, suite à des bouleversements politiques dans toute l'Europe, que naît une idée chez un grand nombre d'intellectuels : pour exister et être forte à côté des puissances voisines comme la France ou la Russie, l'Allemagne doit former un tout uni.

Mais cette « unité allemande » ne signifie rien aux yeux du peuple et chacun se sent citoyen de son petit royaume plutôt qu'allemand. Pour favoriser cette prise de conscience, les philosophes et les écrivains vont utiliser tous les moyens à leur disposition, parmi lesquels on trouve le fait de recueillir et mettre en commun les traditions populaires des différentes régions allemandes. Quel meilleur moyen, pour démontrer l'unité de l'Allemagne, que d'expliquer à quel point les contes traditionnels, les chansons populaires ou les dialectes se ressemblent, malgré les distances qui séparent les régions ?

Cette motivation, à la fois culturelle et politique, a ainsi amené les frères Grimm à entreprendre leur travail de recherche et de retranscription des contes populaires allemands.

2. *Les conteuses*

La tâche n'était pas mince, mais les Grimm avaient déjà travaillé à une œuvre semblable auparavant. En effet, ils avaient déjà participé à la collection de chants populaires entreprise par deux de leurs amis, tous deux poètes et très concernés par cette question de l'unité allemande : Achim von

Arnim (1781-1831) et Clemens Brentano (1778-1842). Leur recueil, intitulé *Le Cor enchanté de l'enfant* — en allemand, *Des Knaben Wunderhorn* —, compte quelque mille poèmes et chansons et dès sa parution, en 1807, connaît un succès considérable. Encouragés par cet engouement des lecteurs et sur les conseils d'Arnim et Brentano, Jacob et Wilhelm entreprennent donc de recueillir à leur tour des contes populaires.

Leurs sources principales sont des femmes conteuses, hessoises comme eux. Celle qui leur a fourni le plus de contes, Dorothea Viehmann, fut même immortalisée par un portrait qui ornait un volume des *Contes*, réalisé par Ludwig Emil Grimm, jeune frère de Jacob et Wilhelm. Comment procédaient-ils auprès des conteuses pour récupérer et retranscrire ces histoires parfois très longues ? Les appareils d'enregistrement n'existaient pas, bien entendu, en ce temps-là : aussi étaient-ils obligés d'écrire, aussi précisément que possible, les contes au fur et à mesure qu'ils étaient dits par la conteuse. Quand on sait que, dans leur version définitive, les *Contes de l'enfance et du foyer* regroupent deux cent dix récits, mais que plusieurs dizaines d'autres ne furent finalement pas retenus, on imagine à quel point la tâche dut paraître colossale aux deux frères. Rien d'étonnant, dans ces conditions, à ce que leur œuvre ait pris tellement de temps : car, même s'ils ont travaillé parallèlement à beaucoup d'autres écrits, entre la première édition, en 1812, et la dernière, en 1857, Jacob et Wilhelm Grimm ont vu s'écouler quarante-cinq années.

3. *Un travail scientifique*

Leur activité nécessitait aussi du temps pour une autre raison : en plus de recueillir et retranscrire correctement les contes, les frères Grimm ont inventé, grâce à leur grande rigueur, la méthode moderne de collecte des textes populaires. En effet, à côté des deux volumes de leur recueil contenant les contes eux-mêmes, un troisième, aussi épais que les précédents, est exclusivement consacré à des notes explicatives portant sur chaque histoire. On connaît ainsi avec la plus grande précision toute l'origine de chaque conte, qui l'a raconté, dans quelle région d'Allemagne et ainsi de suite. Comme beaucoup de contes se retrouvent à travers toutes les régions mais sous des formes parfois un peu différentes, les Grimm indiquaient aussi les variantes, les ressemblances et les différences notables entre tel et tel conte.

Leur connaissance considérable de la langue allemande, notamment de ses différentes variétés selon les régions, leur permettait aussi d'indiquer des particularités linguistiques et de fournir des explications sur des expressions régionales ou inhabituelles. La précision et la rigueur scientifique présidaient donc au travail de recherche des frères Grimm sur les contes populaires.

4. *La fidélité aux sources*

Cela explique que se pose la question de la fidélité de leur transcription aux sources auxquelles les contes étaient puisés. De fait, Jacob et Wilhelm Grimm eux-mêmes ont évoqué ce problème qui leur semblait primordial, notamment dans la préface de leur recueil. Il fallait en effet pouvoir assurer que ces contes étaient véritablement populaires, et non pas retravaillés ni modifiés : c'était, entre autres, une question d'honnêteté intellectuelle.

Certes, on se dit qu'ils ont fait de leur mieux pour respecter à la lettre leurs sources : ils prenaient des notes aussi précises que possible et transcrivaient, affirment-ils, sans rien modifier. On peut toutefois se demander si plus d'un détail ne s'est pas perdu, entre la bouche de la conteuse et la plume des frères Grimm, sachant que du temps pouvait s'écouler entre le moment où on leur disait le conte et celui où ils le retranscrivaient. Ces erreurs-là, toutefois, sont involontaires et bien compréhensibles.

Il en est d'autres, pourtant, que l'on s'explique moins si l'on se réfère aux déclarations de fidélité absolue des deux frères : les notes qu'ils ont prises trahissent en effet quelques modifications apportées en toute connaissance de cause à certains contes. Elles consistent souvent en des adoucissements. Les Grimm ont par exemple gommé certaines allusions trop ouvertement sexuelles, et l'on connaît une version de *Raiponce* où la princesse enfermée dans sa tour tombe enceinte après une des visites nocturnes du prince. Ses vêtements, dit-elle à la sorcière, la serrent de plus en plus à la hauteur du ventre… Il n'en est plus du tout question dans la version définitive : on apprend seulement à la fin qu'elle a deux enfants. Même si les contes pouvaient montrer les pires tortures ou les actes les plus invraisemblables, il fallait, aux yeux des frères Grimm, qu'ils restent convenables et évitent certains sujets tenus alors pour plus sensibles que de nos jours, à commencer par la sexualité.

Dans l'ensemble, néanmoins, ils ont respecté les contes qu'on leur avait transmis — et ils n'étaient pas obligés de se montrer si fidèles car, après tout, personne ne serait venu contester leur version : un conte populaire, en définitive, n'appartient à personne, mais il est la propriété de tout un peuple. Jacob et Wilhelm Grimm ne sont donc pas, à proprement parler, les auteurs de leurs contes, mais leur nom figure très justement en tête de leur ouvrage, car ils ont sauvé de l'oubli des récits que l'époque moderne allait faire disparaître.

L'écrivain à sa table de travail

Contes cruels

1.

La cruauté sous toutes ses formes

À la lecture de cette anthologie des *Contes de l'enfance et du foyer*, on peut s'apercevoir qu'un point commun unit tous ces contes : il arrive toujours à l'un des personnages quelque chose d'horrible ou de cruel à un moment ou un autre du récit. Essayons de mieux comprendre dans quelles circonstances cette cruauté s'exerce.

1. *De terrifiantes épreuves*

On voit d'abord souvent le héros confronté à des épreuves propres à faire dresser les cheveux sur la tête : c'est le cas dans *De celui qui partit en quête de la peur*, où l'on voit, entre autres horreurs, un cadavre reprendre vie dans un château hanté et tenter d'étrangler le jeune garçon. Dans *Les Sept Corbeaux*, la petite fille doit se couper un doigt et se le tailler en forme de clé afin d'accéder à une montagne de glace où sont retenus ses frères. Pire encore, le roi accepte, dans *Le Fidèle Jean*, de couper la tête à ses propres enfants à la demande de son plus fidèle serviteur, pour lui prouver de cette manière qu'il lui fait une confiance aveugle.

Dans ces différents cas, les actions terribles représentent des épreuves à accomplir pour atteindre bien souvent une récompense, comme la main d'une princesse, la fin d'un maléfice ou, dans le conte qui porte son nom, le retour à la vie du fidèle serviteur Jean. Ces situations s'associent donc malgré tout à un bien.

2. *Des personnages cruels*

À d'autres moments, le héros ou l'héroïne du conte subit un acte d'une cruauté inouïe. Dans *L'Aliment de Dieu*, une femme riche refuse d'aider sa sœur et ses cinq enfants qui meurent tous de faim. Le sang ne coule pas, dans ce conte, mais le « cœur de pierre » de la riche sœur provoque une mort misérable. C'est d'ailleurs le plus fréquemment de la part d'un parent — père, belle-mère, frère ou sœur aîné — que s'exerce la cruauté. Le conte intitulé *La Jeune Fille sans mains* en est un bon exemple, où le diable exige d'un homme qu'il coupe les mains de sa fille afin qu'il puisse s'emparer d'elle : par crainte du diable, l'homme accepte de trancher les mains. Dans le *Conte du genévrier*, c'est une belle-mère qui décapite, par pure méchanceté, le fils de son mari. Absence de pitié ou volonté de faire souffrir causent donc des blessures graves, voire la mort.

Il existe encore un crime d'un autre ordre qu'un père essaie de faire subir à sa fille : l'inceste. *Peau-de-Mille-Bêtes*, variante du célèbre conte de Perrault *Peau d'Âne*, met en effet en scène un roi qui veut se marier avec sa propre fille après la mort de sa femme. Rigoureusement interdite et tenue pour une monstruosité, cette tentative de mariage incestueux représente une forme de barbarie rejetée par la société.

3. *Les méchants cruellement punis*

Une troisième forme de cruauté se rencontre fréquemment dans les *Contes de l'enfance et du foyer*: celle qui consiste à punir les méchants de la façon la plus atroce qui soit. On s'en rend compte d'autant plus clairement en lisant *Cendrillon* et en comparant la version des Grimm avec celle, si célèbre, de Charles Perrault : chez l'écrivain français, Cendrillon accorda sa clémence à ses méchantes sœurs, les fit « loger au Palais, et les maria dès le jour même à deux grands Seigneurs de la Cour ». Tout au contraire, dans le conte de Grimm, lors du mariage de l'héroïne avec le prince, des colombes crèvent un œil à chacune de ses deux sœurs, punies de cette façon « pour leur méchanceté et leur perfidie ».

Les méchants compagnons du héros, dans *Les Corneilles*, subissent un châtiment de même nature, mais bien pire encore : des corneilles, furieuses qu'ils les aient trahies, hachent de leurs becs les yeux des deux hommes jusqu'à les tuer. La liste est longue, des personnages ainsi châtiés à la mesure de leur méchanceté : la sorcière qui voulait manger Jeannot et Margot meurt cuite dans son propre four ; dans le *Conte du genévrier*, c'est la belle-mère meurtrière du fils de son mari qui meurt pour finir, la tête « écrabouillée » par une meule de pierre ; dans *Les Trois Nains de la forêt*, une autre belle-mère et sa fille, meurtrières elles aussi, finissent dans un tonneau qui dégringole du haut d'une montagne. Les conduites inhumaines et cruelles se trouvent souvent punies par une cruauté plus grande encore.

2.

Pourquoi sont-ils aussi méchants ?

Ces divers épisodes tirés des *Contes* font frissonner tant la cruauté mise en œuvre est grande : pourtant, on continue de raconter ces histoires aux enfants, même aux plus jeunes, sans craindre de provoquer chez eux mille cauchemars. Qui plus est, cette littérature enfantine ne correspond pas à la tendance actuelle qui veut que l'on cache à tout prix aux enfants ce qui « est susceptible de heurter la sensibilité du jeune public », comme il est annoncé avant certains films, au cinéma ou à la télévision. Chez Grimm, aucune limite n'est donnée à l'horreur, dirait-on : meurtre, tortures en tout genre, méchanceté gratuite, inceste et sanglantes punitions sont monnaie courante.

Comment expliquer, dès lors, que l'on raconte aux enfants, y compris aux plus jeunes — et pour les endormir ! — de pareilles histoires ? Jacob et Wilhelm n'étaient-ils que de sinistres persécuteurs d'enfants ?

Il n'en est rien, non seulement car les deux cents contes ne contiennent pas tous des faits sanglants et cruels, mais surtout, on peut trouver plus d'une justification à la présence, dans des récits expressément destinés aux enfants, de situations et d'actions épouvantables.

1. *Réalité et monde du conte*

On doit tout d'abord avoir bien en tête que l'univers des contes n'est pas la réalité et ne prétend pas ressembler au monde réel. Voilà pourquoi un lecteur accepte d'y voir un être humain se métamorphoser en oiseau, comme les sept frères dans *Les Sept Corbeaux.* Il acceptera aussi sans difficulté qu'Untel qui était mort revienne à la vie : c'est le cas du fidèle Jean ou de l'enfant du *Conte du genévrier.* Cela fait partie des conditions implicites de la lecture d'un conte.

De la même manière, le lecteur sait que les épreuves barbares auxquelles les personnages sont confrontés représentent en fait symboliquement des difficultés de la vie réelle que l'enfant devra surmonter s'il veut grandir. Dans *La Gardeuse d'oies,* on découvre ainsi une princesse envoyée en un royaume étranger mais transformée en simple gardeuse d'oies par une servante qui usurpe sa place. La princesse doit subir sans mot dire cette situation, jusqu'au dénouement heureux : la servante est découverte et la princesse reprend sa vraie place. Or, qu'apprend-on à la lecture de ce récit ? On comprend que, malgré les épreuves difficiles et même lorsque la situation paraît désespérée, on peut triompher des obstacles si l'on prend soi-même ses décisions et si l'on demeure fidèle à ses principes. La gardeuse d'oies n'a pas trahi le secret de l'échange, comme elle l'avait promis à la servante : cette fidélité à la parole donnée est récompensée, puisque les choses reviennent dans l'ordre.

De même, dans *De celui qui partit en quête de la peur,* le jeune garçon se soumet à toutes les épreuves que lui impose le roi : il combat des dizaines de chats noirs, des géants qui jouent aux quilles avec des ossements humains, un cadavre, le démon... Tous ces personnages effraieraient habituellement les enfants, mais celui-ci semble indifférent. Cette série d'épreuves symbolise en quelque sorte la difficulté du passage à l'âge adulte pour un enfant : les épreuves semblent terrifiantes mais il faut s'y frotter si l'on veut grandir, et une fois grand, on s'aperçoit qu'elles n'étaient pas si terribles, finalement. Ce qui peut sembler cruel ou barbare dans les contes représente donc des difficultés ou des peurs symboliques dans lesquelles le lecteur se reconnaît.

2. *Identification avec le héros*

Intéressons-nous à présent aux personnages qui peuplent les contes de Grimm : beaucoup de rois, de princes et de princesses ou d'animaux jouent un rôle important, mais on remarque que le personnage principal est bien souvent un enfant, fille ou garçon. C'est le cas dans *Cendrillon*, *L'Enfant rebelle*, *Jeannot et Margot* et bien d'autres. On nous précise même dans certains cas que c'est du dernier enfant qu'il s'agit : dans *Les Sept Corbeaux*, par exemple, c'est la fille dernière-née qui part en quête de ses sept frères et doit braver les dangers.

Le héros est donc bien jeune et doit affronter des situations auxquelles il n'est pas préparé. Or, cela ressemble fort à ce que vit l'enfant à qui on lit des contes : il est petit et faible encore, ne peut rien faire sans ses parents, mais n'a d'autre choix que de leur obéir. Même si tous les parents ne commettent pas dans la réalité le genre d'atrocités que l'on trouve dans les contes, l'enfant peut considérer comme la pire des méchancetés le fait que son père ou sa mère refuse de lui accorder ce dont il a envie. Lorsqu'on rencontre, dans un conte, une horrible marâtre qui fait souffrir un enfant, il est ainsi bien plus facile de s'identifier au héros malheureux.

Examinons par exemple *Les Trois Nains de la forêt* : un homme et une femme, veufs tous les deux, se remarient ensemble. Ils ont chacun une fille du même âge. Insensiblement, la femme se met à maltraiter la fille de son mari, tandis qu'elle accorde à sa propre fille tous les privilèges et la gâte trop : la malheureuse fillette se voit alors contrainte par sa marâtre de se laver avec de l'eau tandis que l'autre a droit à du lait. Sa belle-mère l'oblige ensuite à sortir vêtue d'une simple robe en papier pour trouver des fraises en plein hiver, alors « qu'il avait gelé à pierre fendre et que monts et vallées étaient ensevelis sous la neige ». Plus tard, elle lui ordonne de creuser un trou dans la glace d'une rivière gelée, puis de séparer dans l'eau glacée les brins d'un fil qu'elle avait auparavant fait bouillir — autrement dit, elle lui confie des tâches impossibles à accomplir. Pour finir, la marâtre jette la malheureuse enfant par la fenêtre pour la tuer — mais sans y parvenir — dans le seul but de mettre à sa place, auprès d'un roi bon et aimant, sa fille laide et mauvaise.

Dans ce conte comme dans bien d'autres, l'identification du jeune lecteur est facilitée par la ressemblance entre ce qu'il vit et le récit qu'on lui fait : lui aussi est « martyrisé » par sa mère lorsqu'elle l'envoie par exemple se coucher alors que son frère aîné peut veiller encore. Lui aussi est convaincu que c'est son frère ou sa sœur que ses parents préfèrent et à qui ils donneront un plus beau cadeau ou plus de tendresse. On pourrait trouver quantité d'exemples pour illustrer cette ressemblance : ils montrent tous que l'enfant du conte soumis à la cruauté de ses parents, du roi ou d'une méchante belle-mère est un modèle auquel le lecteur peut s'identifier aisément. Il reconnaît alors dans les malheurs du héros ou de l'héroïne une image de sa propre souffrance d'enfant. Voilà qui explique bien des actes barbares perpétrés contre de pauvres jeunes gens, dans les contes de Grimm !

3. *Le plaisir de voir souffrir*

La cruauté remplit toutefois une autre fonction. Parmi les différentes formes de cruauté, il était question plus haut des châtiments exemplaires et d'une rare violence que les plus affreux personnages subissent souvent à la fin des contes. Il ne s'agit plus pour le lecteur, bien entendu, de s'identifier à celui qui souffre : les sœurs de Cendrillon ont les yeux crevés et, se dit-on à ce moment-là, elles l'ont bien mérité !

Parfois, le texte même du conte fait état de la grande satisfaction éprouvée par les personnages lorsque le méchant est puni avec la plus extrême rigueur. Une fois la belle-mère tuée par la chute de la meule de pierre, les derniers mots du *Conte du genévrier* sont les suivants : « ils étaient tous trois bien contents et rentrèrent dans la maison pour se mettre à table et manger ». Le mari se trouve donc content de la mort de sa femme ! La petite Marleenke, c'est-à-dire sa propre fille, est contente de la mort de sa mère ! Voilà des comportements qui ne manquent pas de surprendre. Comment peut-on se les expliquer et comprendre par là même que nous nous réjouissons aussi, nous les lecteurs, de voir les méchants aussi durement punis ?

Assurément, tous les personnages cruels ne sont pas exagérément châtiés : une impitoyable sorcière tient Raiponce prisonnière, dans le conte du même nom, cause le malheur du prince et se moque de lui, mais à partir d'un certain moment, on ne fait plus mention d'elle ni d'un éventuel châtiment. De même, rien n'arrive au père de Peau-de-Mille-Bêtes une fois que sa fille a fui. Si les méchants ne sont pas punis dans ces contes, c'est que l'on y met l'accent sur la résolution du problème : dans *Raiponce*, le prince finit par retrouver sa bien-aimée malgré les pièges de la sorcière tandis que dans *Peau-de-Mille-Bêtes*, la princesse finit par épouser un roi — non pas son père, mais celui d'un royaume voisin.

Cela dit, les peines cruelles répondent à l'envie bien naturelle de voir punis ceux qui ont causé du tort. C'est d'autant plus vrai lorsque la victime est faible ou ne peut se défendre par elle-même. Dans *La Gardeuse d'oies*, la servante qui avait pris la place de la princesse se retrouve prise à son propre piège et prononce elle-même la sentence pour le crime qu'elle a commis : on l'enferme dans un tonneau dont l'intérieur est hérissé de clous et que l'on traîne derrière des chevaux jusqu'à ce que mort s'ensuive. Cela peut paraître disproportionné et la punition ressemble davantage à de la torture qu'à une condamnation juste. N'oublions pas, cependant, qu'aux yeux du jeune lecteur qui s'était identifié à l'héroïne malheureuse, le châtiment est amplement mérité : la servante n'avait-elle pas abusé de la situation d'isolement et de faiblesse dans laquelle se trouvait la jeune princesse, loin de ses parents et de tout secours ?

Certes, cela ne correspond pas à la réalité, car la justice exige que l'on soit puni en proportion du crime que l'on a commis, et infliger des souffrances inhumaines est contraire à ce qui est juste. Avec le conte, toutefois, le plaisir que l'on ressent à voir souffrir les méchants est librement mis à nu. Cela permet de se décharger de son angoisse, de sa colère — par exemple de celle que l'enfant ressent lorsque son père ou sa mère lui interdit quelque chose. Le conte met donc en scène des situations d'une grande cruauté pour le plaisir du lecteur — mais un plaisir naturel et non pas pervers, réservé à ce monde à part qu'est celui du conte.

Loin de ne montrer que des jeunes filles qui épousent finalement le prince ou des fées si gentilles qu'elles en deviennent mièvres, les contes de Grimm offrent donc le spectacle d'une cruauté bénéfique et positive, dans laquelle le jeune lecteur projette ses propres émotions.

Pour prolonger la réflexion

De nombreux penseurs du XXe siècle se sont intéressés aux contes populaires, essayant d'analyser leurs structures récurrentes, les caractéristiques de la narration ou les fonctions des personnages.

L'ouvrage le plus célèbre est celui de Vladimir PROPP, *Morphologie du conte*, paru en 1929 (Points-Seuil n° 12). Propp distingue un certain nombre de fonctions (l'éloignement de la famille, par exemple), de sphères d'actions (comme celles de l'agresseur, ou de l'adjuvant), qui se répartissent entre les différents personnages et se retrouvent dans la majorité des contes.

L'éducateur américain Bruno BETTELHEIM, dans *Psychanalyse des contes de fées* (Pocket n° 10770), met au jour les symboliques à l'œuvre dans les contes, et explique en quoi ceux-ci, loin de traumatiser les enfants, répondent aux angoisses infantiles.

Groupement de textes thématique

« Faut qu'ça saigne ! »

LES CONTES DE GRIMM qui figurent dans cette anthologie contiennent tous des actes d'une grande cruauté : loin de choquer les lecteurs, en particulier les enfants à qui ces contes sont surtout destinés, ces actes cruels et violents, on le sait bien, ont avant tout une portée symbolique. Beaucoup de textes littéraires autres que les contes et destinés à un public adulte mettent en scène des situations similaires où l'on tue pour le plaisir, où l'on torture physiquement ou moralement des personnages, et ainsi de suite. Même quand on n'est plus un petit enfant, on éprouve donc encore du plaisir à lire des histoires où s'exerce la cruauté : que ce soit pour nous faire rire, pour nous faire peur ou pour se rappeler l'univers des contes de notre enfance, nous aimons voir le sang couler…

1.

Reine de Cœur sans cœur

Lewis CARROLL (1832-1898)

Les Aventures d'Alice au pays des merveilles (1865)

(trad. de l'anglais par J. Papy, Folio classique n° 4257)

Trois fillettes réclament une histoire après une promenade : voilà comment sont nées Les Aventures d'Alice au pays des merveilles *dans la bouche de Lewis Carroll, qui rédigea ensuite son récit et l'étoffa au point d'en faire une longue histoire. La jeune Alice y découvre un univers étrange, assez proche de celui du conte : les animaux y sont doués de la parole, on y disparaît et réapparaît comme par enchantement et ainsi de suite. Cependant, alors que l'étrangeté des contes va tellement de soi que rien de ce qui est surprenant ne surprend personne, Alice ne cesse ici de s'étonner de toutes les bizarreries auxquelles elle est confrontée. En fait, plutôt qu'au merveilleux, ces événements appartiennent à un domaine situé entre le rêve et la folie. Ainsi, l'un des personnages, la Reine de Cœur, supporte si mal la contrariété qu'elle n'a qu'une obsession : trancher la tête de ceux qui la dérangent. Voici sa rencontre avec Alice.*

« Comment t'appelles-tu, mon enfant ?

— Je m'appelle Alice, plaise à Votre Majesté », répondit la fillette très poliment.

Mais elle ajouta, en elle-même : « Après tout, ces gens-là ne sont qu'un jeu de cartes. Je n'ai pas besoin d'avoir peur d'eux. »

« Et qui sont ceux-là ? » demanda la Reine en montrant du doigt les trois jardiniers étendus autour du rosier. (Car, voyez-vous, comme ils étaient couchés

le visage contre terre, et comme le dessin de leur dos était le même que celui des autres cartes du jeu, elle ne pouvait distinguer si c'étaient des jardiniers, des courtisans, ou trois de ses propres enfants.)
« Comment voulez-vous que je le sache ? » répondit Alice, surprise de son courage. « Ce n'est pas mon affaire, à moi. »
La Reine devint écarlate de fureur, puis, après avoir férocement regardé la fillette comme une bête sauvage, elle se mit à hurler :
« Qu'on lui coupe la tête ! Qu'on lui...
— Quelle bêtise ! » s'exclama Alice d'une voix forte et décidée.
La Reine se tut aussitôt. Le Roi lui mit la main sur le bras en murmurant timidement :
« Réfléchissez un peu, ma chère amie : ce n'est qu'une enfant ! »
Elle se détourna de lui d'un air courroucé[1], et ordonna au Valet :
« Retournez-les ! »
Le Valet les retourna, très prudemment, du bout du pied.
« Debout ! » cria la Reine d'une voix forte et perçante.
Sur ce, les trois jardiniers se dressèrent d'un bond sans plus attendre ; après quoi, ils se mirent à s'incliner devant le Roi, la Reine, les enfants royaux et tous les personnages du cortège.
« Arrêtez ! ordonna la Reine. Vous me donnez le vertige. » Puis, se tournant vers le rosier, elle poursuivit :
« Qu'étiez-vous donc en train de faire ?
— Plaise à Votre Majesté », commença Deux, d'une voix très humble, en mettant un genou à terre, « nous essayions...
— Je comprends ! » dit la Reine, qui avait examiné les roses. « Qu'on leur coupe la tête ! »

1. L'air en colère.

2.

Cruauté exotique

William BECKFORD (1760-1844)

Vathek, conte arabe (1787)

(José Corti, Collection romantique n° 5, 2003)

Au début du XVIII*e siècle naît en France la mode des contes orientaux, grâce à la traduction par Antoine Galland des* Mille et Une Nuits, *en 1704. L'Orient inspire beaucoup les écrivains car, très différent de l'Occident, il leur permet de donner libre cours à leur imagination : les génies y sont par exemple bien plus puissants que nos fées et nos sorcières, et la richesse des princes y semble toujours infinie. Mais comme tout est démesuré, la cruauté y est aussi plus grande que partout ailleurs. William Beckford, un auteur anglais, offre, avec* Vathek *qu'il écrivit en français, un bel exemple de la barbarie à la mode orientale de cette époque : le calife Vathek, très curieux de connaître les secrets du monde, doit se soumettre à un être maléfique venu d'Inde, le Giaour, qui lui a promis en échange un savoir universel. Dans l'extrait qui suit, le Giaour réclame qu'on lui sacrifie cinquante enfants qui étaient venus prendre part à des jeux et des fêtes donnés par le calife.*

Le Calife saisit ce moment pour s'éloigner de la foule. Il s'avance sur le bord du gouffre, et entend, non sans frémir, l'Indien qui disait en grinçant des dents : « Où sont-ils ? où sont-ils ? — Impitoyable Giaour ! répondit Vathek tout troublé, n'y a-t-il pas moyen de te contenter sans le sacrifice que tu exiges ? Ah ! si tu voyais la beauté de ces enfants, leurs grâces, leur naïveté, tu en serais attendri. — La peste de ton attendrissement, bavard que tu es ! s'écria l'Indien ; donne, donne-les vite ! ou ma porte te sera fermée à jamais. — Ne crie donc pas si haut, repartit le Calife en rougissant. — Oh ! pour cela, j'y consens, reprit le Giaour avec un sourire d'ogre ; tu ne manques pas de présence d'esprit ; j'aurai patience encore un moment. »

Pendant cet affreux dialogue, les jeux étaient dans toute leur vivacité. Ils finirent enfin, lorsque le crépuscule gagna les montagnes. Alors, le Calife, se tenant debout sur le bord de l'ouverture, cria de toutes ses forces : « Que mes cinquante petits favoris s'approchent de moi, et qu'ils viennent selon l'ordre du succès qu'ils ont eu dans leurs jeux ! Au premier de ces vainqueurs, je donnerai mon bracelet de diamants, au second mon collier d'émeraudes, au troisième ma ceinture de topaze, et à chacun des autres, quelque pièce de mon habillement, jusqu'à mes pantoufles. »

À ces paroles, les acclamations redoublèrent : on portait aux nues la bonté d'un prince qui se mettait tout nu pour amuser ses sujets, et encourager la jeunesse. Cependant, le Calife, se déshabillant peu à peu, et élevant le bras aussi haut qu'il pouvait, faisait briller chacun des prix ; mais, tandis que d'une main il le donnait à l'enfant qui se hâtait de le recevoir, de l'autre il le poussait dans le gouffre, où le Giaour toujours grommelant répétait sans cesse : « Encore ! encore !... »

Cet horrible manège était si rapide, que l'enfant qui accourait ne pouvait pas se douter du sort de ceux qui l'avaient précédé ; et quant aux spectateurs, l'obscurité et la distance les empêchaient de voir. Enfin, Vathek, ayant ainsi précipité la cinquantième victime, crut que le Giaour viendrait le prendre et lui présenter la clef d'or. Déjà il s'imaginait être aussi grand que Suleïman[1] et n'avoir

1. Soliman, surnommé « le Magnifique », sultan ottoman (1494-1566) sous lequel l'Empire ottoman atteignit l'apogée de sa puissance.

aucun compte à rendre, lorsque la crevasse se ferma à sa grande surprise, et qu'il sentit sous ses pas la terre ferme comme à l'ordinaire. Sa rage et son désespoir ne peuvent s'exprimer. Il maudissait la perfidie[1] de l'Indien ; il l'appelait des noms les plus infâmes, et frappait du pied comme pour en être entendu. Il se démena ainsi jusqu'à ce qu'étant épuisé, il tomba par terre comme s'il avait perdu le sentiment. Ses vizirs[2] et les grands de la cour, plus près de lui que les autres, crurent d'abord qu'il s'était assis sur l'herbe pour jouer avec les enfants ; mais, une sorte d'inquiétude les ayant saisis, ils s'avancèrent et virent le Calife tout seul, qui leur dit d'un air égaré : « Que voulez-vous ? — Nos enfants ! nos enfants ! s'écrièrent-ils. — Vous êtes bien plaisants, leur répondit-il, de vouloir me rendre responsable des accidents de la vie. Vos enfants sont tombés en jouant dans le précipice qui était ici, et j'y serais tombé moi-même si je n'avais fait un saut en arrière. »

3.

Une enfant innocente

Comtesse de SÉGUR (1799-1874)

Les Malheurs de Sophie (1858),
in *Œuvres*

(Robert Laffont)

La méchanceté n'est pas toujours le fait des ogres, des sorcières ou des frères aînés : parfois, des êtres innocents et naïfs se livrent aux plus atroces méfaits — soit par ignorance, soit en y prenant plaisir. Dans Les Malheurs de

1. Traîtrise.
2. Ses ministres.

Sophie, *la comtesse de Ségur s'est inspirée de son enfance pour créer un personnage attachant par sa naïveté mais qui manque tellement de réflexion que l'on se réjouirait presque de ses malheurs ! Contrairement à ce qui se passe dans les contes, chez la comtesse de Ségur on ne trouvera pas d'actes barbares de la part des parents — au contraire, toujours prête à expliquer pourquoi elle a mal agi à sa fille, Mme de Réan pardonne les actes les plus blâmables. La méchanceté se cache ici derrière la sottise, plus ou moins volontaire, de la jeune héroïne. Dans le quatrième chapitre, Sophie martyrise les petits poissons de sa mère.*

Sophie était étourdie ; elle faisait souvent sans y penser de mauvaises choses.
Voici ce qui lui arriva un jour :
Sa maman avait des petits poissons pas plus longs qu'une épingle et pas plus gros qu'un tuyau de plume de pigeon. Mme de Réan aimait beaucoup ses petits poissons, qui vivaient dans une cuvette pleine d'eau au fond de laquelle il y avait du sable pour qu'ils pussent s'y enfoncer et s'y cacher. Tous les matins, Mme de Réan portait du pain à ses petits poissons ; Sophie s'amusait à les regarder pendant qu'ils se jetaient sur les miettes de pain et qu'ils se disputaient pour les avoir.
Un jour son papa lui donna un couteau en écaille ; Sophie, enchantée de son couteau, s'en servait pour couper son pain, ses pommes, des biscuits, des fleurs, etc.
Un matin, Sophie jouait ; sa bonne lui avait donné du pain, qu'elle avait coupé en petits morceaux, des amandes, qu'elle coupait en tranches, et des feuilles de salade ; elle demanda à sa bonne de l'huile et du vinaigre pour faire la salade.
« Non, répondit la bonne ; je veux bien vous donner du sel, mais pas d'huile ni de vinaigre, qui pourraient tacher votre robe. »
Sophie prit le sel, en mit sur sa salade ; il lui en restait beaucoup.

« Si j'avais quelque chose à saler ? se dit-elle. Je ne veux pas saler du pain ; il me faudrait de la viande ou du poisson… Oh ! la bonne idée ! Je vais saler les petits poissons de maman ; j'en couperai quelques-uns en tranches avec mon couteau, je salerai les autres tout entiers ; que ce sera amusant ! Quel joli plat cela fera ! »
Et voilà Sophie qui ne réfléchit pas que sa maman n'aura plus les jolis petits poissons qu'elle aime tant, que ces pauvres petits souffriront beaucoup d'être salés vivants ou d'être coupés en tranches. Sophie court dans le salon où étaient les petits poissons ; elle s'approche de la cuvette, les pêche tous, les mets dans une assiette de son ménage[1], retourne à sa petite table, prend quelques-uns de ces pauvres petits poissons, et les étend sur un plat. Mais les poissons, qui ne se sentaient pas à l'aise hors de l'eau, remuaient et sautaient tant qu'ils pouvaient. Pour les faire tenir tranquilles, Sophie leur verse du sel sur le dos, sur la tête, sur la queue. En effet, ils restent immobiles : les pauvres petits étaient morts. Quand son assiette fut pleine, elle en prit d'autres et se mit à les couper en tranches. Au premier coup de couteau les malheureux poissons se tordaient en désespérés ; mais ils devenaient bientôt immobiles, parce qu'ils mouraient. Après le second poisson, Sophie s'aperçut qu'elle les tuait en les coupant en morceaux ; elle regarda avec inquiétude les poissons salés ; ne les voyant pas remuer, elle les examina attentivement et vit qu'ils étaient tous morts. Sophie devint rouge comme une cerise.

1. Sa dînette.

4.

Dénoncer la cruauté par la cruauté

Boris VIAN (1920-1959)

Les Joyeux Bouchers (1954),
in *Chansons*

(Christian Bourgois Éditeur)

Comment dénoncer l'horreur d'une situation ? Les explications sont nécessaires, mais une image marquante permet aussi de frapper l'imagination du lecteur. Boris Vian, qui fut tour à tour ingénieur, trompettiste de jazz, romancier, chanteur, détestait la guerre et l'a souvent dénoncée dans des chansons comme La Java des bombes atomiques *ou* Le Déserteur. *Dans* Les Joyeux Bouchers, *il passe avec beaucoup d'humour d'une description du travail des bouchers qui font couler le sang dans les abattoirs, à celui de bouchers d'un autre genre — les soldats à la guerre, que l'on oblige à tuer leurs semblables sans se poser de questions. Sur un ton et avec des expressions populaires, il parle sans détour du sang qui coule afin de montrer l'absurdité de mourir au combat et la cruauté de la guerre.*

C'est le tango des bouchers de la Villette
C'est le tango des tueurs des abattoirs
Venez cueillir la fraise et l'amourette
Et boire du sang avant qu'il soit tout noir

Faut qu'ça saigne
Faut qu'les gens ayent à bouffer
Faut qu'les gros puissent se goinfrer
Faut qu'les p'tits puissent engraisser
Faut qu'ça saigne
Faut qu'les mandataires aux halles
Puissent s'en fourrer plein la dalle[1]

1. S'en mettre plein le ventre.

Du filet à huit cents balles
Faut qu'ça saigne
Faut qu'les peaux se fassent tanner
Faut qu'les pieds se fassent paner
Qu'les têtes aillent mariner
Faut qu'ça saigne
Faut avaler d'la barbaque[1]
Pour être bien gras quand on claque
Et nourrir des vers comaques[2]
Faut qu'ça saigne
Bien fort !

C'est le tango des joyeux militaires
Des gais vainqueurs de partout et d'ailleurs
C'est le tango des fameux va-t-en guerre
C'est le tango de tous les fossoyeurs

Faut qu'ça saigne
Appuie sur la baïonnette
Faut qu'ça rentre ou bien qu'ça pète
Sinon t'auras une grosse tête
Faut qu'ça saigne
Démolis-en quelques-uns
Tant pis si c'est des cousins
Fais-leur sortir le raisin[3]
Faut qu'ça saigne
Si c'est pas toi qui les crèves
Les copains prendront la r'lève
Et tu joueras la Vie brève
Faut qu'ça saigne
Demain ça sera ton tour
Demain ça sera ton jour
Pus d'bonhomme et pus d'amour
Tiens ! Voilà du boudin ! Voilà du boudin ! Voilà du boudin ![4]

---

1. Viande (argot).
2. Gros comme ça, énormes.
3. Couler le sang.
4. Paroles empruntées à une chanson militaire — celle de la Légion étrangère.

5.

Souffrir dans son cœur

Jules RENARD (1864-1910)

Poil de Carotte (1894)

(Folioplus classiques n° 66)

Les souffrances ne se limitent pas forcément à celles du corps : on peut aussi subir la méchanceté des autres au fond de son cœur, et cette souffrance morale laisse parfois des traces bien plus durables que les cicatrices sur la peau. Jules Renard, dans son célèbre roman Poil de Carotte, *montre la vie d'un enfant malheureux, François Lepic, dont l'enfance ressemble beaucoup à la sienne : coups, brimades, punitions injustes, tout est bon de la part de sa mère pour le faire souffrir. Cependant, ce qui l'atteint le plus profondément, c'est le manque d'amour. Dès le premier chapitre du livre, intitulé « Les poules », on la voit qui l'oblige à sortir seul dans la nuit noire pour fermer le poulailler.*

«Je parie, dit Mme Lepic, qu'Honorine a encore oublié de fermer les poules. »

C'est vrai. On peut s'en assurer par la fenêtre. Là-bas, tout au fond de la grande cour, le petit toit[1] aux poules découpe, dans la nuit, le carré noir de sa porte ouverte.

« Félix, si tu allais les fermer ? dit Mme Lepic à l'aîné de ses trois enfants.

— Je ne suis pas ici pour m'occuper des poules, dit Félix, garçon pâle, indolent[2] et poltron.

— Et toi, Ernestine ?

— Oh ! moi, maman, j'aurais trop peur ! »

Grand frère Félix et sœur Ernestine lèvent à peine

1. Sorte de cabane qui abrite des animaux.
2. Qui évite de faire des efforts.

la tête pour répondre. Ils lisent, très intéressés, les coudes sur la table, presque front contre front.
« Dieu, que je suis bête ! dit Mme Lepic. Je n'y pensais plus. Poil de Carotte, va fermer les poules ! »
Elle donne ce petit nom d'amour à son dernier-né, parce qu'il a les cheveux roux et la peau tachée.
Poil de Carotte, qui joue à rien sous la table, se dresse et dit avec timidité :
« Mais, maman, j'ai peur aussi, moi.
— Comment ? répond Mme Lepic, un grand gars comme toi ! c'est pour rire. Dépêchez-vous, s'il te plaît !
— On le connaît ; il est hardi comme un bouc, dit sa sœur Ernestine.
— Il ne craint rien ni personne », dit Félix, son grand frère.
Ces compliments enorgueillissent Poil de Carotte, et, honteux d'en être indigne, il lutte déjà contre sa couardise[1]. Pour l'encourager définitivement, sa mère lui promet une gifle.
« Au moins, éclairez-moi », dit-il.
Mme Lepic hausse les épaules, Félix sourit avec mépris. Seule pitoyable, Ernestine prend une bougie et accompagne petit frère jusqu'au bout du corridor.
« Je t'attendrai là », dit-elle.
Mais elle s'enfuit tout de suite, terrifiée, parce qu'un fort coup de vent fait vaciller la lumière et l'éteint.
Poil de Carotte, les fesses collées, les talons plantés, se met à trembler dans les ténèbres. Elles sont si épaisses qu'il se croit aveugle. Parfois, une rafale l'enveloppe, comme un drap glacé, pour l'emporter. Des renards, des loups même, ne lui soufflent-ils pas dans ses doigts, sur sa joue ? Le mieux est de se précipiter, au juger[2], vers les poules, la tête en

1. Manque de courage.
2. Sans y voir.

avant, afin de trouer l'ombre. Tâtonnant, il saisit le crochet de la porte. Au bruit de ses pas, les poules effarées s'agitent en gloussant sur leur perchoir. Poil de Carotte leur crie : « Taisez-vous donc, c'est moi ! », ferme la porte et se sauve, les jambes, les bras comme ailés. Quand il rentre, haletant, fier de lui, dans la chaleur et la lumière, il lui semble qu'il échange des loques[1] pesantes de boue et de pluie contre un vêtement neuf et léger. Il sourit, se tient droit, dans son orgueil, attend les félicitations, et maintenant hors de danger, cherche sur le visage de ses parents la trace des inquiétudes qu'ils ont eues.

Mais grand frère Félix et sœur Ernestine continuent tranquillement leur lecture, et Mme Lepic lui dit, de sa voix naturelle :

« Poil de Carotte, tu iras les fermer tous les soirs. »

1. Vieux vêtements, sales et déchirés.

Groupement de textes stylistique

La littérature au service de la sagesse

APPRENDRE À VIVRE : telle peut être une des fonctions des contes, car ils contiennent entre autres choses de petites leçons de vie. Certaines sont très explicites, comme dans *L'Enfant rebelle* qui montre quel sort épouvantable attend les enfants désobéissants. D'autres, en revanche, restent sous-entendues, comme l'idée, dans *Cendrillon*, que la vertu sera récompensée et la méchanceté punie. On appelle tout récit qui se conclut sur une morale ou une leçon un apologue.

Il existe d'autres textes littéraires que les contes pour nous dispenser des explications sur ce qu'est le monde, sur la place que nous pouvons y tenir ou sur la manière de nous y conduire. Proverbes, fables, paraboles, fabliaux, mythes sont autant d'écrits où le lecteur trouvera conseils, morales et autres modèles à suivre ou à ne pas suivre. Le sens en est parfois visible immédiatement, comme dans les fables et les fabliaux, qui sont aussi des apologues. D'autres fois, le sens de ce qui est dit demande à être déchiffré — sans compter qu'on doit aussi se méfier des évidences et différencier une morale sérieuse d'une autre, plus fantaisiste.

1.

Le proverbe

Henri MICHAUX (1899-1984)

« Tranches de savoir », *Face aux verrous* (1967)

(Poésie/Gallimard)

Exprimant une vérité ou un conseil pratique, le proverbe se présente généralement comme une formule simple et facile à retenir. C'est plus souvent dans la vie de tous les jours qu'on les rencontre et tout le monde en connaît : « Tout vient à point à qui sait attendre » ; « Mieux vaut tard que jamais » ; « Après la pluie vient le beau temps »... On pourrait presque ne parler que par proverbes, tant il en existe, applicables en toutes circonstances. Remarquez bien que l'on s'agace vite de quelqu'un qui abuse des proverbes, car au lieu d'une réponse personnelle, on n'obtient de lui et de ses proverbes qu'une vérité générale, qui ne convient pas toujours à la situation. Le poète Henri Michaux a su jouer de ces formules de sagesse à bon marché en écrivant ses propres « Tranches de savoir » : plutôt que des maximes usées, il nous offre des pensées personnelles qui imitent souvent le style proverbial ; libre alors au lecteur d'en tirer son propre savoir ou d'en rire. En voici donc quelques « tranches », entre lucidité et humour.

Le relâchement de vieilles bretelles soulage moins que l'envol de jeunes tourterelles.

Fille indécise ne doit pas se voir avec son rabat-jupe.

Celui qui parle de lion à un passereau[1] s'entend répondre : tchipp.

1. Petit oiseau.

Faites pondre le coq, la poule parlera.

Les pieds n'approuvent pas le visage, ils approuvent la plage.

Taciturne[1] en montagne, bavard en plaine.

Savon ne contemple pas la crasse.

La matin, quand on est abeille, pas d'histoires, faut aller butiner.

Qui sait raser le rasoir saura effacer la gomme.

Délire d'oiseaux n'intéresse pas l'arbre.

Ce n'est pas au crocodile à crier « Attention au crocodile ! ».

Qui cache son fou meurt sans joie.

Qui n'a plus d'épaules monte aux étoiles.

Même si c'est vrai, c'est faux.

Si toutes les vaches fonçaient sur les camions, il y aurait un recul des camionneurs, des ouvriers des abattoirs, et pendant quelque temps, des mangeurs de viande. Mais qu'elles ne s'y trompent pas, l'humanité n'est pas prête à lâcher le bifteck et le lait de ses enfants, pour une simple affaire d'humeur.

Le sang de bœuf, mis dans le tigre, lui donnerait des cauchemars.

Celui qui combat avec des armes invisibles, tôt ou tard on les lui prendra, et on se moquera de lui, qui fit tant de bruit et qui n'a pas d'armes.

Le cœur du sensible souffre trop pour aimer.

1. Qui parle peu.

2.

La fable

Jean de LA FONTAINE (1621-1695)

Le Chat, la Belette et le petit Lapin, *Fables* (1678)

(Folioplus classiques n° 34)

Toujours en prose, le conte populaire se rapproche d'une autre catégorie de courts récits contenant une morale, mais ceux-ci toujours en vers : les fables. On remarque d'ailleurs leur ressemblance avec les contes : les personnages y sont aussi stéréotypés, c'est-à-dire qu'ils représentent un trait de caractère nettement reconnaissable, généralement sous la forme d'un animal. La cruauté se retrouve par exemple dans le loup, dans le renard la ruse, dans le corbeau le manque de réflexion et de discernement, et ainsi de suite. Déjà en vogue dans l'Antiquité, la fable a été rendue populaire par des auteurs grecs comme Ésope, mais en France, c'est La Fontaine qui est le plus célèbre fabuliste. Dans la fable que voici, un chat, qui a l'apparence d'un être sage et bon, va départager un lapin et une belette se querellant pour un terrier de la manière la plus avantageuse… pour lui.

Du palais d'un jeune Lapin
Dame Belette un beau matin
S'empara ; c'est une rusée.
Le Maître[1] étant absent, ce lui fut chose aisée.
Elle porta chez lui ses pénates[2] un jour
Qu'il était allé faire à l'Aurore sa cour,
Parmi le thym et la rosée.
Après qu'il eut brouté, trotté, fait tous ses tours,

1. Propriétaire du lieu.
2. S'installa.

Janot Lapin retourne aux souterrains séjours.
La Belette avait mis le nez à la fenêtre.
Ô dieux hospitaliers, que vois-je ici paraître ?
Dit l'animal chassé du paternel logis :
Ô là ! Madame la Belette,
Que l'on déloge sans trompette,
Ou je vais avertir tous les rats du pays.
La Dame au nez pointu répondit que la terre
Était au premier occupant.
C'était un beau sujet de guerre
Qu'un logis où lui-même il n'entrait qu'en rampant.
Et quand ce serait un Royaume,
Je voudrais bien savoir, dit-elle, quelle loi
En a pour toujours fait l'octroi[1]
À Jean fils ou neveu de Pierre ou de Guillaume,
Plutôt qu'à Paul, plutôt qu'à moi.
Jean Lapin allégua[2] la coutume et l'usage.
Ce sont, dit-il, leurs lois qui m'ont de ce logis
Rendu maître et seigneur, et qui, de père en fils,
L'ont de Pierre à Simon, puis à moi Jean, transmis.
Le premier occupant, est-ce une loi plus sage ?
— Or bien, sans crier davantage,
Rapportons-nous, dit-elle, à Raminagrobis.
C'était un chat vivant comme un dévot ermite[3],
Un chat faisant la chattemite[4],
Un saint homme de chat, bien fourré, gros et gras,
Arbitre expert sur tous les cas.
Jean Lapin pour juge l'agrée[5].
Les voilà tous deux arrivés
Devant sa majesté fourrée.
Grippeminaud[6] leur dit : Mes enfants, approchez.
Approchez ; je suis sourd, les ans en sont la cause.

1. L'a pour toujours attribuée.
2. Mit en avant pour se justifier.
3. Loin de tous et se consacrant à Dieu.
4. Faisant semblant d'être doux pour tromper son entourage.
5. Accepte qu'il soit juge dans cette affaire.
6. Autre nom de Raminagrobis.

L'un et l'autre approcha ne craignant nulle chose.
Aussitôt qu'à portée il vit les contestants,
Grippeminaud le bon apôtre
Jetant des deux côtés la griffe en même temps,
Mit les plaideurs d'accord en croquant l'un et l'autre.

Ceci ressemble fort aux débats qu'ont parfois
Les petits souverains se rapportant aux Rois.

(Livre VII, 16)

3.

La parabole

Saint MATTHIEU (Ier siècle apr. J.-C.)

Évangile (80 apr. J.-C. environ),
in *La Bible. Le Nouveau Testament*

(trad. par J. Grosjean et M. Léturmy, Pléiade)

Recourir au concret, quand on veut expliquer quelque chose à des gens simples et peu instruits, s'avère souvent plus efficace que se lancer dans des explications longues et compliquées. Voilà précisément ce que fait quelqu'un quand il parle par parabole : il évoque un fait de la vie courante, compréhensible par tout un chacun, pour mieux faire comprendre une réalité plus profonde. On trouve beaucoup de paraboles dans la Bible, notamment dans le Nouveau Testament lorsque Jésus s'adresse à ses disciples qui faisaient partie du petit peuple. Dans l'Évangile de Matthieu, par exemple, il fait entendre à la foule venue l'écouter la parabole du semeur et en explique ensuite le sens à ses plus proches fidèles.

1. Ce jour-là, Jésus sortit de la maison et s'assit au bord de la mer. 2. Et de grosses foules se rassemblèrent auprès de lui, de sorte qu'il entra s'asseoir

dans un bateau, et toute la foule se tenait sur la plage. 3. Et il leur parla de beaucoup de choses, en parabole ; il disait : Voilà que le semeur est sorti semer. 4. De ses semences, les unes sont tombées le long du chemin ; et les oiseaux sont venus et les ont dévorées. 5. D'autres sont tombées parmi la rocaille, où elles n'avaient pas beaucoup de terre ; elles ont levé aussitôt, faute d'avoir épais de terre ; 6. Mais au lever du soleil elles ont été brûlées et, n'ayant pas de racines, elles ont séché. 7. D'autres sont tombées parmi les épines ; et les épines ont monté et les ont étouffées. 8. D'autres sont tombées dans la bonne terre et ont donné du fruit, celle-ci cent, celle-là soixante, celle-là trente. 9. Entende qui a des oreilles ! 10. Les disciples s'approchèrent et lui dirent : Pourquoi leur parles-tu en paraboles ? 11. Il répondit : Parce qu'à vous il a été donné de connaître les mystères du règne des cieux, tandis qu'à eux ce n'est pas donné. [...] 18. Vous, donc, entendez la parabole du semeur. 19. Chaque fois que quelqu'un entend la parole du Règne sans la comprendre, le mauvais vient et s'empare de ce qui a été semé dans son cœur, c'est-à-dire le long du chemin. 20. Ce qui a été semé parmi la rocaille, c'est celui qui entend la parole et la reçoit aussitôt avec joie ; 21. mais il n'a pas de racine en lui, il est inconstant[1] ; arrive une affliction ou une persécution à cause de cette parole, aussitôt il est scandalisé. 22. Ce qui a été semé parmi les épines, c'est celui qui entend la parole, mais le tracas de l'âge et le leurre de la richesse étouffent la parole et elle devient stérile. 23. Ce qui a été semé sur la bonne terre, c'est celui qui entend la parole et la comprend ; aussi porte-t-il du fruit : l'un cent, l'autre soixante, un autre trente.

(Chapitre XIII)

1. Il change souvent d'opinion.

4.
Le fabliau

GARIN (entre le XIIe et le XIVe siècle)
Le Prêtre qui mangea les mûres, in *Fabliaux*

(trad. de G. Rouger, Folioplus classiques n° 37)

Transmis oralement, en famille, dans les villages, le conte populaire poursuit sa vie depuis longtemps à travers les époques et vit encore. Au Moyen Âge, il avait un concurrent : les fabliaux. Cette sorte de récit apparue au XIIe siècle se situe à mi-chemin entre conte et fable, comme son nom l'indique, mais il n'était pas réservé aux enfants. C'étaient des jongleurs qui allaient de château en château raconter ces historiettes pour divertir les seigneurs. Comme on le lit souvent au début ou à la fin des fabliaux, ces récits servent également à transmettre une morale ou, plus simplement, un conseil plein de bon sens. Dans Le Prêtre qui mangea les mûres, *fabliau d'un auteur que l'on ne connaît pas par ailleurs, Garin, il arrive qu'un prêtre gourmand se retrouve en fâcheuse posture pour avoir pensé tout haut. La fin du fabliau contient la morale de l'histoire.*

Qu'on en ait colère ou dépit, je veux, sans prendre de répit, vous dire l'histoire d'un prêtre comme Garin nous la raconte. Il voulait aller au marché ; il fit donc seller sa jument qui était grande et bien nourrie et qu'il avait depuis deux ans. Elle n'avait ni soif ni faim, ne manquant de son ni d'avoine. Le prêtre à partir se prépare, se met en selle et se dirige vers le marché sur sa monture. Je me rappelle la saison : je sais que c'était en septembre où les mûres sont à foison. Le prêtre va, disant ses heures, ses matines et ses vigiles[1]. Mais presque à l'entrée de la ville, à distance d'un jet de fronde, il y avait un chemin creux. Jetant les yeux sur un buisson, il y voit quantité de mûres et se dit alors que jamais il n'en rencontra d'aussi belles. Il en a grand-faim, grand désir ; il fait ralentir sa jument et puis l'arrête tout à fait. Mais il redoute les épines et les mûres les plus tentantes se trouvent en haut du buisson : il ne peut les atteindre assis. Aussitôt le prêtre se hisse ; sur la selle il monte à deux pieds et se penchant sur le roncier il mange avec avidité les plus belles qu'il a choisies ; et la jument ne bronche pas. Quand il en eut assez mangé et qu'il se sentit rassasié, sans bouger il baissa les yeux et il vit la jument qui restait immobile auprès du buisson. Debout, les deux pieds sur la selle, le prêtre s'en réjouit fort. « Dieu, fait-il, si l'on disait hue ! » Il le pense et en même temps il le dit : la jument surprise fait un bond soudain et le prêtre va culbuter dans le buisson. Il est si bien pris dans les ronces que, pour cent onces d'argent fin[2], il ne saurait s'en dégager. La jument va, traînant les rênes, la selle tournée de travers et court à la maison du prêtre. Quand les serviteurs la revoient, on se désole, on se lamente. La femme du prêtre se pâme[3], croyant son mari déjà mort. Dans la maison, quel désespoir ! Ils vont courant vers le marché ; ils ont tant cherché, tant marché qu'ils arrivent près du buisson où le prêtre était en détresse. Les entendant se désoler, il se met alors à crier : « Eh bien ! eh bien ! où allez-vous ? Je suis là tout endolori, accablé, perclus[4], défaillant ; je suis en bien triste posture, lardé de ronces et d'épines ! » Et ses gens

1. Heures, matines et vigiles sont des messes dites à différents moments de la journée.
2. Environ quatre kilos d'argent pur.
3. S'évanouit.
4. Incapable de bouger.

de lui demander : « Sire, qui vous a hissé là ? — Malheur, fait-il, je suis tombé. Je passai, hélas, par ici et cheminais disant mes heures. Je fus si tenté par les mûres qu'à aucun prix je ne voulus aller plus loin sans en manger. Par hasard il est arrivé que le roncier m'a accroché. Aidez-moi à sortir d'ici ; car je ne désire autre chose que de trouver la guérison et d'être en paix dans ma maison. »
Le fabliau peut nous apprendre que celui-là n'est pas bien sage qui raconte tout ce qu'il pense. Grand dommage en ont, et grand-honte, beaucoup de gens, cela est vrai. Ainsi advint-il au curé.

5.

Le mythe

HÉSIODE (VIIIe siècle av. J.-C.)

Théogonie

(trad. du grec par J.-L. Backès,
Folio classique n° 3467)

Le conte populaire fait vivre ses personnages, même les plus inattendus, dans le monde familier de la campagne : les paysans y habitent des chaumières, non loin sont les forêts et les châteaux du roi ou du seigneur. Dans le mythe, l'univers est autre : ce sont des dieux qui le peuplent, êtres surnaturels qui n'ont que faire du quotidien. Les mythes servent cependant aussi aux hommes à expliquer le monde, surtout dans ce qu'il a de plus mystérieux : son origine. Dans sa Théogonie, *écrite aux environs de 700 avant notre ère, Hésiode raconte la naissance des dieux — c'est précisément le sens du mot grec* théogonia *qui donne son titre à l'ouvrage. Les premiers ancêtres des célèbres Zeus et autres Apollon représentent très directement des forces ou des éléments de la nature, car on ne saurait mieux justifier l'existence de la Terre, de la nuit et des océans qu'en faisant d'eux des divinités. De cette manière, le poète ne se contente pas de raconter comment sont nés les dieux : il écrit une cosmogonie, c'est-à-dire le récit de la naissance de l'univers. Les scientifiques actuels ne recourent plus au mythe pour l'expliquer, mais leur cosmogonie à eux, cette célèbre théorie du big-bang, n'est pas sans ressembler à la* Théogonie *: au commencement, il n'y avait rien, quand une monumentale explosion donna naissance à la matière…*

Or donc, tout d'abord, exista
    Faille, puis, par après,
Terre Large-Poitrine,
    base sûre à jamais pour tous les êtres,
pour tous les immortels qui tiennent
    les cimes enneigées de l'Olympe,
et le Tartare plein de brouillard
    au fond de la terre où l'on chemine,
et aussi Éros, le plus beau
    des dieux qui ne meurent jamais :
il brise les corps de tous les dieux,
    de tous les hommes ;
il est plus fort que la pensée du cœur,
    que la sagesse des desseins[1].
De Faille naquit Érèbe
    et la Nuit toute noire.
De Nuit naquit Feu d'en-haut
    et Lumière du jour.
Elle les enfanta, grosse[2]
    d'Érèbe, qui lui avait fait l'amour.
Terre d'abord enfanta
    — il est aussi grand qu'elle —
Ciel tout couvert d'étoiles —
    il peut la couvrir entièrement,
pour que les dieux bienheureux
    y siègent à jamais en sûreté.

1. Que l'intelligence et la volonté.
2. Enceinte.

Elle enfanta les grands Monts,
    lieux de délices pour les déesses,
Nymphes qui habitent
    dans les replis des montagnes.
Elle enfanta Pontos l'infertile,
    qui se gonfle et qui saute,
le gouffre de la mer,
    sans aucun désir d'amour. Ensuite
couchant avec le Ciel, elle enfanta
    Océan Tourbillon-Immense,
puis Koïos et Krios,
    et Hypérion et Iapétos
Théïa et Rhéïa
    et Thémis et Mnémosyne
et Phoïbè couronnée d'or
    et Thètys la désirable.
Le dernier de tous naquit
    Kronos Pensées-Retorses[1] ;
c'était le plus terrible. Il détestait
    la vigueur de son père.
Elle enfanta les Cyclopes
    qui ont le cœur plein de superbe[2],
Brontès et Stéropès
    et Argès à l'âme brutale.
Ils ont donné l'éclair à Zeus,
    ils ont fait pour lui le tonnerre.
Leur ressemblance était complète
    avec les autres dieux,
à cela près qu'ils n'avaient
    qu'un œil au beau milieu du front.
On les nomma Cyclope
    parce qu'ils avaient
un seul œil, parfaitement rond
    au beau milieu du front.
Ils avaient grande force et vigueur
    et de l'adresse pour tout faire.

1. Pensées-Rusées.
2. Orgueil.

De Terre et Ciel encore
naquirent d'autres enfants,
trois êtres immenses et très forts,
qu'il est dangereux de nommer,
Kottos, Briaréôs et Gygès,
tous trois pleins de superbe.
De leurs épaules surgissaient
pour chacun cent bras
difformes ; ils avaient, chacun d'eux,
cinquante têtes,
nées de leurs épaules
au-dessus de membres énormes ;
une force violente, effroyable ;
une stature de géants.
Tous les enfants qui étaient nés
de Terre et de Ciel,
enfants à faire peur,
avaient de toujours grande haine
pour leur père. Lui,
dès le premier moment où ils naissaient,
il les faisait tous disparaître
— leur fermant tout chemin vers le jour —
dans les replis de Terre.
La méchanceté lui faisait plaisir,
à lui, Ciel. Et Terre l'immense
en ses entrailles gémissait,
resserrée.

(Vers 115 *sq.*)

Chronologie

Les frères Grimm
et leur temps

1.

Enfance et jeunesse

Grimm : un seul nom pour deux frères qui vécurent toute leur vie si proches l'un de l'autre que leur double histoire peut se raconter en une seule, qui débute avec une année d'écart : en 1785 naît Jacob, puis Wilhelm en 1786, tous deux à Hanau, dans la province de Hesse, au cœur de l'Allemagne. La famille Grimm s'agrandit par la suite, avec quatre autres enfants — trois fils et, en dernier, une fille. Les deux aînés s'attachent immédiatement l'un à l'autre.

Un événement, cependant, bouleverse très tôt leur existence : la mort précoce de leur père, pasteur protestant, en 1796, alors que Jacob n'est âgé que de onze ans. Sans même parler du choc que cela représente, les conséquences de cette mort vont se faire sentir durablement et à plusieurs niveaux : du point de vue financier, tout d'abord, les Grimm seront confrontés à de très grosses difficultés et c'est une sœur de leur père qui pourvoira aux dépenses liées à la scolarité puis aux études des enfants. Par ailleurs, en sa qualité de fils aîné, Jacob doit prendre en partie la place de son père en tant que chef de famille — rôle qu'il assumera même entièrement à la mort de sa mère en 1808. Il a dès lors la charge de ses frères et sœur, qu'il prend très au sérieux malgré son âge.

Une fois qu'ils ont quitté le lycée de Cassel où leur scolarité s'est déroulée sans encombre, les deux frères entament des études de droit à Marbourg, en 1802-1803, et suivent ainsi les traces de leur père. Cependant, Jacob s'intéresse principalement à l'histoire du droit, tandis que Wilhelm, de sensibilité plus littéraire, se lie d'amitié avec le poète Clemens Brentano. Ils achèvent leurs études brillamment tous les deux. Jacob passe alors neuf mois à Paris où il suit l'un de ses professeurs pour l'aider dans ses recherches. Ce sera sa dernière année de liberté, car en1805, de retour à Cassel, il doit commencer à travailler sans délai pour subvenir aux besoins de sa famille. De santé plus fragile, Wilhelm n'exerce pas tout de suite de métier mais s'emploie, à la même période, à aider son ami Brentano dans son travail.

L'Europe secouée par un séisme politique

1789	Révolution française.
1792	Proclamation de la République en France. Le roi Louis XVI est exécuté l'année suivante. Il sera suivi de la reine Marie-Antoinette, d'origine autrichienne.
1795-1796	Débuts du romantisme, dans les cercles littéraires de Berlin.
1798	Publication de *Wilhelm Meister,* de J.W.F. Goethe (1749-1832), œuvre fondamentale du romantisme.
1799	Bonaparte devient Napoléon et se pro-

	clame empereur par le coup d'État du 18 Brumaire. Il commence à mener la guerre en Europe.
1805	Napoléon est vainqueur, à la bataille d'Austerlitz, contre la Prusse, un des principaux royaumes qui constituent l'Allemagne d'alors. Début de l'occupation française.

2.

Formation intellectuelle et premiers travaux

À compter de 1806, les frères Grimm commencent leurs activités littéraires, en éditant des textes anciens datant des débuts de la langue allemande.

En 1807, Brentano et son ami Achim von Arnim, devenu lui aussi proche des frères Grimm, travaillent aux deuxième et troisième volumes de leur ouvrage, *Le Cor enchanté de l'enfant.* Il s'agit d'un recueil de chants allemands populaires et anciens, qui se transmettaient oralement depuis des générations. Jacob et Wilhelm les aident dans leur collecte à travers l'Allemagne. Cet ouvrage s'inscrit parfaitement dans l'objectif du romantisme allemand, mouvement très fort auquel se rattachent beaucoup d'écrivains, philosophes, artistes et intellectuels de langue allemande. En effet, à une époque où le pays est encore morcelé en une multitude de petits États, occupés par l'armée française victorieuse, ces chants doivent servir de ciment au sentiment national et éveiller le sens de la communauté.

Les frères Grimm entament, à partir de 1807, leur propre travail de collecte, sur les conseils d'Arnim et Brentano, mais c'est aux contes populaires qu'ils se consacrent. Pendant cinq ans, ils parcourent leur province, la Hesse, à l'écoute des conteuses dans les campagnes et transcrivent leurs récits.

Pendant la même période, Jacob occupe différents postes dans l'administration, qui lui laissent du temps pour se consacrer à ses recherches. Il fera de même pendant de nombreuses années, suivi en cela par Wilhelm : ainsi, ils sera tour à tour diplomate, secrétaire, bibliothécaire. C'est cette dernière activité qui lui convient le mieux pour travailler. Wilhelm le suivra dans cette voie, notamment à Cassel ou à Göttingen.

En 1812, paraît le premier volume des *Contes de l'enfance et du foyer* (en allemand, *Kinder- und Hausmärchen*). Il connaît un vif succès et Goethe, le plus éminent des poètes et penseurs de l'époque, en salue la parution. Le travail sur les contes ne cessera plus : en 1815, un second volume est publié, qui sera suivi par des rééditions nombreuses dans lesquelles des contes seront ajoutés, modifiés, retranchés. Entre 1816 et 1818, la compilation d'autres œuvres populaires occupe les frères Grimm : les *Légendes allemandes*, mais ce recueil intéresse moins le public, sans doute parce que l'intérêt littéraire des légendes est moindre que celui des contes.

C'est Wilhelm qui travaille seul aux *Contes* à partir de 1819. Il en publie la seconde édition en 1822, enrichie d'un volume de notes scientifiques. De son côté, Jacob commence la deuxième partie de son œuvre, monumentale, et qui fera de lui l'un des plus grands savants de son temps : l'étude de la langue allemande.

L'Allemagne se construit

1804-1815 La ville de Heidelberg est un des centres du « second romantisme » allemand.

1807 Publication du *Cor enchanté de l'enfant* par Achim von Arnim et Clemens Brentano.

1811 L'empereur Napoléon entame la campagne de Russie, qui se solde par un échec et l'incendie de Moscou.

1814 Coalition contre la France : la guerre est menée principalement par la Prusse, aidée par d'autres royaumes et provinces allemands. Victoire contre la France, où prend fin l'Empire.

1815 Constitution de la Confédération germanique qui regroupe divers États allemands.

1830 Révolution de Juillet en France, qui entraîne des mouvements de rébellion dans toute l'Europe. Les étudiants de Göttingen, où enseignent les frères Grimm, se révoltent contre le pouvoir en 1831.

1837 Arrivée d'Ernest-Auguste sur le trône de Hanovre.

3.

Des intellectuels en prise avec leur époque

Le premier ouvrage de Jacob consacré à la langue est sa *Grammaire allemande.* Comme il a toujours dans l'idée qu'il faut, par le biais de la littérature, participer à l'unification de la nation, il s'intéresse à ce patrimoine commun à tous les Allemands, malgré les différences qui peuvent exister suivant les régions : la langue allemande. Wilhelm, toujours présent aux côtés de son frère, l'aide dans ses travaux. Les trois autres volumes de la *Grammaire* paraîtront en 1826, 1831 et 1837.

Au fil du temps, la notoriété des Grimm ne cesse de croître, et en 1829, Jacob obtient son premier poste de professeur, à l'université de Göttingen, où Wilhelm le suit en tant que bibliothécaire adjoint. Il y deviendra professeur à son tour six ans plus tard. À partir de cette période, les deux hommes se consacrent donc à deux choses : l'enseignement universitaire, et leurs travaux de linguistique ou d'édition de textes allemands du Moyen Âge. Cela les éloigne d'ailleurs progressivement de Cassel et de la Hesse, leur région d'origine à laquelle tous deux étaient très attachés.

Bien qu'ils passent le plus clair de leur temps à leurs recherches, les frères Grimm ne restent pas indifférents aux événements qui agitent leur pays : car l'unification de l'Allemagne est en cours et ne se fait pas sans difficulté. Le royaume de Hanovre, où se trouve la ville de Göttingen, connaît de grands changements politiques, surtout lorsque monte sur le trône Ernest-Auguste. Celui-ci abroge la Constitution, ce qui soulève beaucoup de protestations, notamment de la part d'un groupe de professeurs de Göttingen, dont Jacob et Wilhelm. En réponse, on les expulse du royaume ainsi que de l'université, à la fin de 1837. Les quelques années qui suivent sont difficiles : Wilhelm retourne à Cassel, d'où il publie des légendes religieuses et une version allemande de la *Chanson de Roland*; de son côté, Jacob édite des poèmes latins médiévaux, mais, désormais privés de leur emploi de professeur, les Grimm connaissent des difficultés financières. Pour y remédier, Jacob accepte la proposition d'un éditeur : rédiger un grand dictionnaire allemand.

Naissance d'une nation

1840	Frédéric-Guillaume IV accède au trône de Prusse.
1849	Naissance de l'Empire allemand, qui regroupe quelques États auparavant séparés. La même année, Karl Marx (1818-1883) et Friedrich Engels (1820-1895) publient à Berlin le *Manifeste du parti communiste.*
1852	Second Empire en France.
1855	*La Walkyrie,* opéra de Richard Wagner (1813-1883) qui s'inspire des légendes germaniques.
1861	Couronnement de l'empereur Guillaume Ier, roi de Prusse.
1862	Bismarck, principal artisan de l'unité définitive de l'Allemagne, est nommé chancelier.

4.

À Berlin

Grâce aux efforts de Bettina, la femme de leur ami Arnim, Jacob et Wilhelm sont nommés tous deux membres de l'Académie royale des sciences de Berlin, en 1840, ce qui leur donne également le droit de donner des cours à l'université. Débute alors la période berlinoise des Grimm, qui s'installent dans la capitale prussienne en 1841, pour ne plus la quitter. C'est aussi à partir de cette date qu'ils connaissent une gloire qui ne se ternira jamais : honorés par des universités, décorés en Prusse comme à l'étranger (par exemple en France ou en Suède), ils sont célébrés partout pour leur travail.

Ils poursuivent inlassablement leur tâche de linguistes, d'historiens et d'éditeurs : en 1845, Jacob fait paraître un essai sur le *Kalevala*, une épopée de Finlande, et une *Histoire de la langue allemande* en 1848. De son côté, Wilhelm édite avec l'aide de Bettina, en 1839, les œuvres posthumes d'Achim von Arnim mort quelques années auparavant. Son deuxième fils, Hermann, né en 1828, épousera d'ailleurs Gisela, fille des Arnim, en 1859. Il reçoit en 1845-1846 la visite de Hans Christian Andersen.

Les affaires politiques ne cessent pas de les occuper par ailleurs, et cette activité trouve une concrétisation en 1848, alors que l'Allemagne, comme le reste de l'Europe, connaît une nouvelle période révolutionnaire. Ainsi, Jacob siège à l'Assemblée nationale allemande de Francfort, qui adopte en 1849 la Constitution de l'Empire allemand : c'est l'acte de naissance de l'Allemagne moderne. En 1852, Wilhelm se retire de l'enseignement, comme l'avait fait Jacob quatre ans auparavant, mais leur travail ne prend pas fin pour autant : la première livraison du *Dictionnaire allemand* de Jacob paraît en 1852. Cette œuvre si monumentale ne sera achevée que longtemps après la mort des Grimm, qui survient en 1859 pour Wilhelm, et en 1863 pour Jacob.

Éléments pour une fiche de lecture

Regarder le tableau

- Quelle impression se dégage du tableau ? À quel univers renvoie-t-il ? Et à quel mouvement littéraire et artistique peut-il se rattacher ?
- Par quels procédés l'artiste arrive-t-il à créer une atmosphère très forte, tourmentée ?
- Quelle est la vision de la nature que présente ce tableau ?

Des personnages

- Dressez la liste des personnages qui reviennent le plus souvent dans les contes du recueil en les classant par type.
- Retrouvez les animaux doués de la parole dans les contes.
- Relevez tous les exemples de transformations et indiquez en quelle créature chaque personnage s'est métamorphosé.
- Les personnages de conte peuvent remplir sept fonctions : agresseur, donateur (qui offre quelque chose), auxiliaire (qui aide le héros), princesse, mandateur (qui ordonne au héros d'accomplir

une action), héros, faux héros. Cependant, on ne trouve pas forcément les sept fonctions dans un même conte. Relisez *Cendrillon,* relevez tous les personnages du récit et indiquez quelle fonction ils remplissent. Toutes les fonctions sont-elles présentes ? Procédez de même avec *De celui qui partit en quête de la peur.*

La symbolique des chiffres

Vous avez sans doute remarqué que l'on trouve souvent des chiffres particuliers dans les *Contes* de Grimm, à commencer par le chiffre trois :

- Relevez les personnages qui vont par trois, en indiquant qui ils sont et dans quel conte ils se trouvent.
- Relevez les actions qui vont par trois — qu'un même fait soit répété trois fois ou que l'on demande à un personnage d'accomplir trois actions.
- Remarquez-vous l'emploi significatif d'autres chiffres ? Lesquels ? Dans quels contes ?

Construction des contes

- Les contes commencent souvent par une formule bien connue : « Il était une fois... » Quelles autres formules trouve-t-on dans le recueil ?
- Relisez *Jeannot et Margot.* Résumez dans l'ordre les faits qui se déroulent dans le conte, en employant une phrase pour chaque événement.

Au-delà des frontières et des époques

- Lisez *Cendrillon* de Charles Perrault, écrit en France au XVIIe siècle. Dressez la liste des personnages et la liste des événements qui se produisent dans le conte. Comparez ensuite avec la version des Grimm : quelles sont les différences les plus remarquables ? Faites de même avec *La Barbe bleue*, puis avec *Peau d'Âne* (qui a pour équivalent *Peau-de-Mille-Bêtes* dans notre recueil).
- Plusieurs films s'inspirent de l'univers des contes. Dans *Big Fish* de Tim Burton (2003), beaucoup de personnages ressemblent à ceux des contes. Regardez le film et retrouvez qui tient la place du géant ou de l'ogre, de la princesse, du roi, du héros qui triomphe des obstacles, de la sorcière, etc.
- *Les Frères Grimm*, de Terry Gilliam (2005), racontent de manière fantaisiste la jeunesse de Jacob et Wilhelm Grimm et la naissance de leur intérêt pour la littérature populaire. Le réalisateur a glissé dans son film de très nombreuses allusions à leurs contes — qui figurent ou non dans le recueil. Saurez-vous les retrouver ?

« Il était une fois un ogre... »

- À votre tour d'écrire un conte à la manière des Grimm, mais dont le héros sera le troisième enfant ogre d'une famille d'ogres. Imaginez une série d'épreuves fantaisistes qu'il devra accomplir. Tout se terminera par un mariage heureux — avec une sorcière, par exemple !

Collège

La Bible (textes choisis) (49)
Fabliaux (textes choisis) (37)
CHRÉTIEN DE TROYES, *Le Chevalier au Lion* (2)
COLETTE, *Dialogues de bêtes* (36)
CORNEILLE, *Le Cid* (13)
Gustave FLAUBERT, *Trois contes* (6)
Wilhelm et Jacob GRIMM, *Contes* (textes choisis) (72)
Ernest HEMINGWAY, *Le Vieil Homme et la mer* (63)
HOMÈRE, *Odyssée* (18)
Victor HUGO, *Claude Gueux* suivi de *La Chute* (15)
Joseph KESSEL, *Le Lion* (30)
Jean de LA FONTAINE, *Fables* (34)
J. M. G. LE CLÉZIO, *Mondo et autres histoires* (67)
Gaston LEROUX, *Le Mystère de la chambre jaune* (4)
Guy de MAUPASSANT, *12 contes réalistes* (42)
MOLIÈRE, *L'Avare* (41)
MOLIÈRE, *Le Médecin malgré lui* (20)
MOLIÈRE, *Les Fourberies de Scapin* (3)
MOLIÈRE, *Trois courtes pièces* (26)
Louis PERGAUD, *La Guerre des boutons* (65)
Charles PERRAULT, *Contes de ma Mère l'Oye* (9)
Jacques PRÉVERT, *Paroles* (29)
Jules RENARD, *Poil de Carotte* (66)
John STEINBECK, *Des souris et des hommes* (47)
Robert Louis STEVENSON, *L'Étrange Cas du docteur Jekyll et de M. Hyde* (53)
Michel TOURNIER, *Vendredi ou La Vie sauvage* (44)

Fred UHLMAN, *L'Ami retrouvé* (50)
Jules VALLÈS, *L'Enfant* (12)
Paul VERLAINE, *Fêtes galantes* (38)
Jules VERNE, *Le Tour du monde en 80 jours* (32)
Oscar WILDE, *Le Fantôme de Canterville* (22)

Lycée

Série Classiques

Écrire sur la peinture (anthologie) (68)
La poésie baroque (anthologie) (14)
Le sonnet (anthologie) (46)
Honoré de BALZAC, *La Peau de chagrin* (11)
Charles BAUDELAIRE, *Les Fleurs du mal* (17)
Albert CAMUS, *L'Étranger* (40)
Louis-Ferdinand CÉLINE, *Voyage au bout de la nuit* (60)
Albert COHEN, *Le Livre de ma mère* (45)
Pierre CORNEILLE, *Le Menteur* (57)
Marguerite DURAS, *Un barrage contre le Pacifique* (51)
Annie ERNAUX, *La Place* (61)
Gustave FLAUBERT, *Madame Bovary* (33)
Eugène IONESCO, *Rhinocéros* (73)
Sébastien JAPRISOT, *Un long dimanche de fiançailles* (27)
Charles JULIET, *Lambeaux* (48)
Pierre Choderlos de LACLOS, *Les Liaisons dangereuses* (5)
Jean de LA BRUYÈRE, *Les Caractères* (24)
Madame de LAFAYETTE, *La Princesse de Clèves* (39)

MARIVAUX, *L'Île des esclaves* (19)
Guy de MAUPASSANT, *Le Horla* (1)
Guy de MAUPASSANT, *Pierre et Jean* (43)
MOLIÈRE, *L'École des femmes* (25)
MOLIÈRE, *Le Tartuffe* (35)
MOLIÈRE, *L'Impromptu de Versailles* (58)
MONTESQUIEU, *Lettres persanes* (56)
Alfred de MUSSET, *Lorenzaccio* (8)
OVIDE, *Les Métamorphoses* (55)
Pierre PÉJU, *La Petite Chartreuse* (76)
Luigi PIRANDELLO, *Six personnages en quête d'auteur* (71)
Raymond QUENEAU, *Zazie dans le métro* (62)
François RABELAIS, *Gargantua* (21)
Jean RACINE, *Andromaque* (10)
Jean RACINE, *Britannicus* (23)
Rainer Maria RILKE, *Lettres à un jeune poète* (59)
Edmond ROSTAND, *Cyrano de Bergerac* (70)
SAINT-SIMON, *Mémoires* (64)
Nathalie SARRAUTE, *Enfance* (28)
William SHAKESPEARE, *Hamlet* (54)
Vincent VAN GOGH, *Lettres à Théo* (52)
VOLTAIRE, *Candide* (7)
VOLTAIRE, *L'Ingénu* (31)
VOLTAIRE, *Micromégas* (69)
Émile ZOLA, *Thérèse Raquin* (16)

DANS LA MÊME COLLECTION

Série Philosophie

René DESCARTES, *Méditations métaphysiques* – « 1, 2 et 3 » (77)

Michel FOUCAULT, *La Volonté de savoir* – « Droit de mort et pouvoir sur la vie » (79)

Nicolas MALEBRANCHE, *La Recherche de la vérité* – « De l'imagination (2 et 3) » (81)

Maurice MERLEAU-PONTY, *L'Œil et l'Esprit* (84)

Blaise PASCAL, *Trois discours sur la condition des Grands* et six liasses extraites des *Pensées* (83)

PLATON, *La République* – « Livres 6 et 7 » (78)

Jean-Jacques ROUSSEAU, *Discours sur l'origine et les fondements de l'inégalité parmi les hommes* (82)

Baruch SPINOZA, *Lettres sur le mal* – « Correspondance avec Blyenbergh » (80)

Composition Interligne
Impression Novoprint
à Barcelone, le 03 octobre 2006
Dépôt légal : octobre 2006
ISBN 2-07-033776-6/Imprimé en Espagne.

142508